秘密
当铺

走走 主编

南方出版传媒
花城出版社
中国·广州

图书在版编目（ＣＩＰ）数据

秘密当铺 ／ 走走主编. -- 广州 ： 花城出版社，
2017.6
ISBN 978-7-5360-8336-3

Ⅰ．①秘… Ⅱ．①走… Ⅲ．①中篇小说－小说集－中
国－当代②短篇小说－小说集－中国－当代 Ⅳ.
①I247.7

中国版本图书馆CIP数据核字(2017)第086203号

出 版 人：詹秀敏
策划编辑：文　珍
责任编辑：张　懿　周思仪
技术编辑：薛伟民　凌春梅
封面设计：　◆ 棱角视觉
　　　　　　　ANGULAR VISION

书　　名　秘密当铺
　　　　　　MIMI DANGPU
出版发行　花城出版社
　　　　　　（广州市环市东路水荫路11号）
经　　销　全国新华书店
印　　刷　广东新华印刷有限公司
　　　　　　（广东省佛山市南海区盐步河东中心路23号）
开　　本　889毫米×1194毫米　32开
印　　张　7.875　1插页
字　　数　140,000字
版　　次　2017年6月第1版　2017年6月第1次印刷
定　　价　30.00元

如发现印装质量问题，请直接与印刷厂联系调换。
购书热线：020－37604658　37602954
花城出版社网站：http://www.fcph.com.cn

目　录

总 序

收获 编辑部

　　悬疑推理小说对于中国来说是一件舶来品。虽然早在清朝，中国小说中便有"彭公案""施公案"一类公案小说，但真正现代意义上的中国本土悬疑推理小说的出现，还得溯源至 20 世纪初中国文人对于柯南道尔"福尔摩斯系列小说"的译介与模仿（早期的译介者往往同时也是仿写者）。用范伯群教授的话讲，中国现代悬疑推理小说——当时一般称为"侦探小说"——在诞生之初，就存在一个"包拯和福尔摩斯交接班"的问题。

　　而在中国本土的悬疑推理小说发生后的很长一段时间内，其发展情况并不尽如人意。这可能与中国社会长期缺乏理性、科学、法制精神有关，而这些社会普遍认知对于悬疑推理类小说而言，犹如土壤和空气对于植物生存生长一般重要。

　　但近些年来，中国悬疑推理类小说的创作，无论从数量还是质量上，都取得了长足的进步与不错的实绩，涌现出很多有着丰富生活经历和创作才华的年轻写作者。而本套"罪推理事务所"系列书则恰是对这些近年来部分创作实绩的一种汇总与展现。

现如今，每一位优秀的中国悬疑推理小说家在创作时都需要面对四个问题：如何面对中国传统公案小说的创作资源？如何面对欧美日本同类型小说的辉煌创作成果？如何融合悬疑推理故事于中国社会环境而达到浑圆的境界？如何用紧张而刺激的故事表达出普遍意义上的人性主题？本套丛书所选的这些篇小说正是写作者们从不同角度对上述问题作出的思考与回答。

我们现在还很难概括总结出中国悬疑推理类小说已经形成了哪些独特的能立于世界同类小说中的风格或流派，但看过这这些作者的作品后，我们有理由相信，距中国派推理小说的诞生，已经不远了。

彼岸瞳 / 两色风景

1

清醒已经变成了一件很奢侈的事，但我还是醒来了。

伴随清醒而来的是周身的疼痛，痛得我恨不得再次昏迷。可惜无论清醒昏迷，都不在我的控制范围。

不想费力气动弹，一动只会更痛。我只能调遣我的视线在天花板与墙壁上散步。

……这是第几天了？

搬进这个舒适安静的单人病房以来，第几天了？

有人来看过我吗？我什么时候可以离开这里？还是说我没有必要离开了？我是不是……

病房的门被推开了。轻轻一声咿呀。我听到一个女性在说"医生，他醒了"。

然后，一个硬邦邦的嗓子"唔"了一声。脚步挪近，他们来到了我的床边。

我尽量镇定地，将信马由缰的视线收到眼前来……

若隐若现。

那位戴着眼镜的医生，以及有点儿年纪的护士，在我眼中就像海市蜃楼一样……

我又闭上了眼睛。医生和护士在一旁说着什么，我充耳不闻，更别说回答。后来他们开始擅自摆布我，扎针、塞体温表什么的，我都随他们去。反正我没有力气反抗。

直到他们要出去了，我才又无精打采地掀开眼皮。

还是老样子，他们的身影涣散，似乎随时可能消失……

已经不是第一次了。印象里，这段时间看到的人个个如此……这到底怎么回事？我的眼睛出什么问题了？！

他们终于走了。出门前还摇头叹息着"求生意愿真够低的啊"，在关门声响起时转变成"对了，又有一批新护士来报到了"，让我不禁冷笑了一下。

摆出一副挺关心我的模样，到头来也只是公事公办。对的，这个世界上是不会有人关心我的。

已经没有人会关心我了……

那我还关心那么多有的没的干吗？

2

又是几天过去了。我的精神越来越差，昏迷的时间越来越长，脑子里充斥着糨糊般的混混沌沌。

更受罪的，还是孤独，像山一样沉重地压迫着我的孤独。尽管我知道，在我睡觉时，还是有人来过的。我被擦过身子，换过衣服……但那大概是护士吧，出于工作。不会有别人。

今天的天气貌似不错。清风与阳光掀起窗帘，却无法驱逐我的阴霾。

门口传来了动静，有谁进来了。我懒得去看，仍像尸体那样一动不动。

一张脸突然闯入了我的眼帘，我被吓了一跳，脸很快就移开了。出于不爽，我不顾疼痛地转过脖子，瞪视着那张脸的主人——

一个穿护士服的年轻女孩，梳着两条羊角辫，辨认般盯着我看。

她也是若隐若现的，幽灵一般。

我正想说些什么，她突然惊喜地叫了起来："小陆！是小陆吧？"

这老朋友般的语气倒让我一愣，再看那半透明的脸，就无端生出一种平和与亲切来。

"你……"我干涸的喉头爬出一个沙哑的字，太久没说话了。

"忘了我啦？不会吧……怎么说也是青梅竹马。"她兴奋地在我床边坐下，让我仔细端详。

"……"确实有印象。但我说过了，我的脑子现在一团乱，怎么也想不起她的名字。

她只得自揭谜底："我是默默啊，叶、默、默。以前咱们不是住对门？还读一个学校，一个班级，甚至是同桌……直到高中毕业我去读护校才分开……"

……我想起来了，她的提示就像一道光那样照亮了我黑漆漆的记忆。我甚至激动得想要坐起来，却换来一阵剧痛。

默默忙让我躺好。她一边给我盖被子，一边絮絮地说："我是来这医院实习的。这病房的门牌上写着你的名字，我本来怀疑是同名同姓呢，结果……"

她的表情变得难过起来。她一向是个善良的女孩子，所以才会选择白衣天使的职业。

我的心头涌起一阵暖流。这种有人还记得自己的感觉……真好。

一条手帕伸了过来，默默在帮我擦去眼角不知不觉的泪。我透过眼泪看她，觉得轮廓似乎更模糊了。

3

我的朋友很少，默默是其中最特别的一个。

什么时候起变成了唯一的一个？对了，应该是在我的爸妈离婚后。那时起，我变得暴戾，喜欢打架胜过吃饭。

还愿意接近我的就只剩下她了。甚至当我们不再抬头不见低头见后，也还保持着通信的习惯。

老爸给我找了个后妈。但，就像是最常见的那种情况，我讨厌她，我们几乎没有说过话，入院之后更是再没看见她。

而我那该诅咒的父亲，他对我最后的道义就是留下一笔住院费让我在这个特等病房等死……

现在是晚上。

也许是白天见到了默默的关系，今天我的精神相对好一些，这个时间了还不犯困。

睡不着，就难免胡思乱想；想得多，就不禁越来越难过。儿时玩伴的到来令我欣慰，但还不足以填补我心里的空洞。

……是了。

是妈妈……我需要她来看我。她应该来看我才对。在这个世界上，她是最应该在此刻陪伴我的人……

内心的痛苦很快响应到了身上。我忍不住开始呻吟。

门在这时开了。

又是默默吗？……我不想让她看到我这个样子。忍着疼痛，我纠正了一下姿势，将脸侧向病床。

然后我就呆住了。数秒后，我克制不住地颤抖起来，呜咽起来！

是……妈妈！是我的妈妈！我们已经好一阵子没见了。

此刻的她头发凌乱，风尘仆仆的样子，但她却对我笑着，眼眶泛红。

"妈……"我伸出手去，很快被握住。她将我抱在怀里，轻轻地抚摸着我的脑袋……

我听见她和我一样哭了。

这是生病以来，我最幸福的一天……

4

默默又来了。作为实习生的她每天都有任务，并不负责照顾我，但她说了会见缝插针地来看我。

我几乎是迫不及待地与她分享了昨晚的遭遇。我没有想到默默听完后竟瞬间变了脸色。

"你说……你妈妈来看你了？"她谨慎地问，"小陆，你……做梦？"

"不是梦，千真万确！"

"但是……"

"你想说什么？"

"你妈妈……早就不在了啊……就在与你爸爸离婚的第二年，她自杀了……你不记得了吗？"

空气瞬间凝滞了，我清晰地尝到五雷轰顶的滋味。

"小陆……"

我触电般做了个噤声的动作，然后从一塌糊涂的脑袋里，打捞出一件记忆。

……默默说得没错，我的妈妈确实去世了……天，我竟连这个都忘了……

"人会为了逃避悲伤而刻意遗忘某些事，这很正常……"默默试图安慰我。

"不对……"我缓缓摇头，"我知道，妈妈已经不在了……但我昨晚确实看到她了！"说着，我情不自禁地摊开掌心，对啊，昨晚握住的妈妈的手，的确凉冰冰的……

默默急切地叫道："那怎么可能？除非她是幽灵！……但那也不可能，除非你的眼睛……眼睛……"

"我的眼睛怎么样？"我也激动起来，"事实上，我的眼睛……"

我告诉默默我的眼睛迄今的异状。

"……你看到的每个人，都是隐隐约约的？"默默重复，"包括我，包括你妈妈？"

我坚定地点着头。

"传说竟是真的吗……"默默的表情变了，变得且惊且喜，那是人类对未知事物的普遍态度，恐惧又憧憬。

她重新在我身边坐下："小陆，我是读护士专业的……这一行总跟生老病死打交道，所以经常能听见些怪力乱神的东西……看着挺迷信，其实真不好随便质疑。毕竟对于生命，我们了解得实在太少！"

我深深地表示赞同。

"'彼岸瞳'……"默默念出一个我从未听过的词组，"听说过三途川吗？传说中，隔开生与死的河流，在属于死的彼岸，生长着永不凋零的彼岸花……'彼岸瞳'所形容的，是一个人在生与死的边界徘徊的状况。正常人能看到生者却看不见死者，但半死不活的人却能同时看到二者，只是都不真切……就是另类的阴阳眼！"

我恍然大悟。

"你再告诉我，你看我和看你妈妈，有什么不同？"

我想了想，说："你给我的感觉是正在消失，越来越模糊；而我妈妈她，则是逐渐浮现，越来越清晰……"

默默的语气变得严肃："小陆，你听我说，活人与幽灵是不同的存在，活人看不见幽灵，幽灵照理说也看不见活人……你渐渐看不见生者，而对死者看得越发清楚，那意味着你正在死亡，即将成为幽灵的一员啊！"

5

又到晚上了。

疼痛暂时偃旗息鼓了。我躺在床上，静静地等待着。

妈妈来了。

和昨晚一样，悄无声息。刻意留心的缘故，我更感觉到，妈妈就像是一点一点从空气中显示出来的……我甚至想到了一个词：鬼影幢幢。

丝丝缕缕的寒意随之扑面而来。想起默默说过的话，我对妈妈的身份已经没有怀疑。

诡异的感觉像一条蛇，开始在我的身上游走。

"对不起……对不起……"一定是察觉到了我截然不同的态度，妈妈的眼泪开始簌簌落下。

她是为了过早离开我而道歉吗？还是觉得不该以这样的身份出现呢？

本能的畏惧感开始消下去了。眼泪再次情不自禁涌出。我真傻，这是我的妈妈啊……我为什么要怕她呢？

妈妈哭了一会儿，突然开始调整病床的弧度，让我从平躺变成了坐姿，然后她不知从哪里拿出了一把胶囊。

"吃吧……吃下去……"

我不知道这是什么药。事实上我已经很少吃药了，多是采取直接注射的方式。但我还是顺从地接过了胶囊，和水服下。

见我吃下了药，妈妈不再逗留。她摸了摸我的额头，就离开了。

不知道是不是心理作用，我觉得妈妈的背影比来的时候真切多了。

身体又开始不舒服了，我正想睡去，病房里突兀地响起了一个声音："走了吗？"

看着默默从窗帘后走出来，我目瞪口呆："你……"

"对不起，我实在很在意……就一直躲在这里。"默默迫不及待地说，"你妈妈刚才来过了吧？"

我微微点头。

"我本以为，你看到的'妈妈'还有可能是主观思念在现实的投影，也即幻觉。"默默说，"但我刚才确实看到了……明明没有人碰，一些东西却自己动了……幻觉做不到那样。"

默默走过来，从地板上捡起一粒胶囊："这是你妈妈刚才给你吃的东西？"

"是。不知哪里弄来的药。"

默默感兴趣地看着那胶囊。

她比白天时又模糊了一些。

6

一个脸色铁青的医生气急败坏地推开我病房的门，他的身后跟着默默。我不禁一愣。

"小陆，我跟你说件事……"

不等默默把话说完，那位医生将她推开了，他冲我摊开手，我看见他的掌心里是昨晚那胶囊的外壳。

"听说你吃了这个？"医生的口气像要杀人，"我知道绝症晚期让你很痛苦，但也不能这样糟践生命！"

我更加一头雾水了："你说什么?!"

"小陆，你昨晚吃的是毒药！"默默痛心地说，"我对那药感到好奇，就请我的导师方医生帮忙化验了一下，结果……"

我险些没有昏厥过去，紊乱的头脑完全无法消化这些信息。

毒药？

妈妈给我吃毒药？

妈妈……要害死我？！

一股前所未有的痛苦铺天盖地地席卷了我，我的身体开始剧烈地痉挛，甚至连呼吸也变得困难！

病房里立刻乱成一团，失去意识前，我的脑子里仍旧只有那个问题：

妈妈为什么要害死我？！

7

似乎有经过洗胃之类的步骤。又一次醒来的我，觉得身体已经完全不是自己的了。

又是晚上了。

妈妈，又要来了吧？

又会带着毒药来，让我吃下吗？

我控制不住地发起抖来。我又开始害怕了吗？怕死吗？还是，怕死在自己最珍视的人手上？

妈妈来了。

绝对不是错觉，她又变得更清楚了……

我看见了，她的手中又攥着一把胶囊。那颜色现在看来竟如此触目惊心。

我没有接那些胶囊。不敢接。妈妈脸上的笑容消失了。

"怎么？……"她轻声问。

"妈……这药哪里来的？"我鼓起勇气问，"吃了……不舒服……"

妈妈陡然一震，脸上是一种类似被揭露的狼狈，很快她又哭了，哭得比之前都更厉害。

"对不起，对不起……"她紧紧抱着我，"妈妈实在没办法……妈妈……想和你在一起……"

戒备又消失了，我的心再次变得温软。

对啊……如果那些胶囊是有效的，那我吃完后会渐渐康复，也就……再看不见幽灵、再没办法进一步接触了吧？

那就会，又一次失去妈妈了吧？

脑海里气若游丝般飘过爸爸和继母的样子。妈妈是我唯一的亲人了……她的心情我怎么会不理解呢？那和我的心情是一样的……

我微笑着安慰妈妈："不要哭了……"从她手里拿过胶囊，"我……吃……"

8

"你……明知药有毒……还是吃了?!"默默震惊得声音都变了。

我不语,我不知道怎样跟她解释,她不会理解的。

"你就……那么想死吗?"默默咬着嘴唇,眼里出现了泪,"……再见不到我也无所谓?"

我知道死亡离我更近了,因为今天的默默显得更淡,几乎是毛玻璃上的倒影一般。

痛苦依旧如影随形,但很奇异的是,我的心里充满了平静,那平静甚至带着某种力量。

我想我清楚那是什么。伴随着视死如归而来的……回光返照吧?毕竟我已经吃了两天的毒药。

"默默,谢谢你啊……"这似乎是我现在唯一能说的了。

默默却已是一脸心灰意冷的漠然,她不理睬我,径直朝门口走去。

"默默……"一种冲动驱使着我翻身下床,完全忘记了自己现在是什么身体,我重重地摔在了地上。

勉力爬到了病房门口,走廊里已经没有默默了。她走得头也不回,似乎是真对我死心了。……不,或许她没有走,只是我难以看清她。

这是一条什么样的走廊啊。

那么多，那么多影影绰绰的存在……医生、护士、病人、家属……有的四肢健全有的血肉模糊。不奇怪，有死得难看的人，当然也会有死得好看的……有些人我要定睛细看，才能发现他们的身形还是有些涣散；有些人正相反，若不细看我几乎要将他们当成错觉忽略了……自从拥有"彼岸瞳"以来，我还是第一次这样大规模地看见人与幽灵的共处，他们真的谁也看不见谁，谁也干涉不到谁。相安无事中透着一股泾渭分明的悲哀。

现在的我还能同时接触生者与死者，等到彻底断气了，就会像他们一样了吧……

这天晚上妈妈没有出现。

9

妈妈没有出现，已经是第三天了。

三天没吃胶囊并不是什么了不得的事。反正我的身体已经是这样，就是个早死和晚死的问题。我只是不安地想，为什么，妈妈不再出现？

见不到妈妈的同时，默默也不再来我的病房。对我来说，这是双重的打击。我回到了刚入院时那无人问津的状态，被全世界抛弃的感觉卷土重来。

那种恐慌远比疾病更令人度日如年、生不如死……

"你又一脸的死气沉沉了。"

我瞪大眼，发现默默不知什么时候来到了病房中。我又惊又喜，但身体不允许我表现得过于激动。

"好几天不见了……"

"能见到你妈妈就行。"默默轻描淡写地说。

"她这几天也没来。不过没关系，我们早晚会见面的。"我说，"我比较想见你。"

"我们也早晚会见面的，不是吗？我也会有死的那天。"

"我知道……"我确实知道的。自从"彼岸瞳"让我发现了果真有死后的世界，我就不再畏惧死亡，甚至将那当成是解脱，但是——"那之前，还是要分开很久。"

默默震动了一下。

"我没有吃那个胶囊了，不会提前死了……"我尽量轻松地说，"也不知道还能活多久，顺其自然吧……希望在我还清醒时，你能陪着我……"

"不。"默默突然打断我，"你别想什么都称心如意。"

我一愣，默默转身出了病房。约莫半个小时后，她又一阵风似的回来了。

她的手中拿着一个瓶子，打开来，里面竟是一大堆我再熟悉不过的胶囊！不等我反应过来，默默竟将数粒胶囊强塞进我的嘴里！

"……"我难以置信地看着默默。

"这家医院前几天出了一件事。一个医生擅自将未经临床认证的新药卖给了病患家属。那虽是一种特效药，但据说风险很大，尤其起作用时会像毒药一样剧烈。"默默突然说起不相干的话题，"那医生已经被革职查办了，跟他买药的人也有了些小麻烦，这就是你妈妈最近不出现的原因……"

"……"我完全听不懂，我被胶囊噎得上气不接下气。

"小陆，"默默凑近我，眼泪流下来，"好好活着吧……"

10

现在是春天。我都没概念了。

这家医院里栽着几株樱花树，粉色的花瓣随风旋舞，很是浪漫。

我坐在轮椅上，默默推着我，我们在户外沐浴着阳光。我看见地上自己的影子，没看见默默的。

我喃喃道："我还以为，幽灵是害怕阳光的……"

"我以前也这么以为，后来才知道，活人对死者的认识实在太肤浅了。"

"默默，你是什么时候……"

"两个月前。一场车祸……死前想着你，死后就出现在了这家医院。"她笑得黯然，"真抱歉骗了你那么久。不过有一样是真的，我真的有护士资格，只是没能上岗，呵呵……"

我难受得说不出话来。

默默说的"彼岸瞳"是真的。濒临死亡的人在种种因素配合之下，会拥有那样的特异体质，能看见人，也能看见幽灵。

只是没想到，默默会是幽灵……我以为她越来越模糊代表着我的状况越来越差，但其实是，我正康复。

"本来确实是想把你带走的……"默默平静地说，"我太自私了，不能接受年纪轻轻就死掉的事实，那太寂寞……小陆，你是我最好的朋友，又正好身患绝症……我一直在误导你，让你把活人当成死人，把死人当成活人，那样你就会觉得自己越来越糟，越来越消极……"

我苦笑着摇摇头。默默的努力很有效。"这么说，那次跟你一起的医生……"

"他也不是人类。医院这种地方，幽灵太容易找了……我做这些都是为了不引起你的怀疑。我没法……直接对你下毒手，只能采取间接的方式。"

"我以为是人类的你，其实是幽灵，"我说，"那么，我以为是幽灵的妈妈……"

"她是人类没有错，但我看不到她的样子……我说过幽灵是看不见人的。我们只能勉强看到那些剩下半条命的家伙。"

"但我妈妈她确实去世了啊！"

轮椅停下来了。我们在大院里绕了一圈，又回到了住院大楼的入口处。

一个人站在阳光下等着我。

"妈妈！……"

"记得我说过的话吗？人的主观思念会造就幻影。对某人的偏见，也会让大脑'选择性遗忘'。也许当你愿意心平气和地回忆，你会想通：真的从没人来看过你吗？即使她来的时候你睡着了，难道她没有留下什么蛛丝马迹让你察觉？也或许你早已清楚，为你擦身子、换衣服的人并不是护士。小陆，我知道你很想你妈妈，但现在你该先将她放下，看清楚眼前的真相……"

我深深地闭上眼睛。

"我为你弄来了足够疗程的药，你总有一天会痊愈，总有一天会看不见我。在那之前，我希望你能好好珍惜你能看得见的人……"

默默说完了。我睁开眼，泪水夺眶而出。

其实，打从知道了每天晚上来看我，为我送药、为我流泪的人不是妈妈的幽灵后，我就已经猜到了她的身份。

继母，我的第二个妈妈，她正泪水涟涟地看着我。充满慈爱的微笑，与记忆中的母亲一模一样。

秘密当铺 / 两色风景

1

距离星河大大的演唱会，只剩下一个月不到了，我的全部财产加起来才只有两百多一点，连最低限度的入场资格都不具备——那要求我必须有八百块钱！

崇拜星河大大已经多年，难得他要来到我所在的城市开演唱会，生平第一次，我与偶像将如此之近，但我竟然迈不过钞票筑起的门槛？Oh my god！

我把 QQ 签名档改成：世界上最遥远的距离不是生与死，而是你对我说"Welcome"，我却不得不说："I have no money！"

怪只怪我平时太大手大脚了，钱到用时方恨少，现在，能想到的办法都已经用尽了：我翻遍书架上所有的书，寻找可能夹在里面当书签的钞票。我倒出所有储蓄罐里的硬币，哪怕一毛钱都不愿轻易放过。我拉着同班同学杨醒逼她还我五块钱："上次那个冰淇淋不是请你吃的，是借你钱买的呀，快还钱……"

"柯爽，你为了星河大大连基本的尊严都没了。"最好的朋友苏小绵看着我摇头。

"这也许是我这辈子唯一一次见他的机会！"我大叫，"小绵，你筹够了钱没有？"

"没有，我身上只有四百多块。"

"可恶，那你还是比我有钱嘛。"我不甘心地说，"不然你别去啦，把钱借给我，好歹咱们两个脑残粉，得有一个亲眼见证他的风采呀。"

"去去，怎么不是你把钱借给我？"小绵笑着伸手来打我。

我们——两个再平凡不过的初中女生，无聊的生活因为巨星的即将莅临而不平静。这个年纪的女孩子，有几个不迷偶像呢？而说到偶像，又有几个能与星河大大媲美？虽然他已经不年轻，但精湛唱功与良好的艺德却有口皆碑。我和小绵喜欢他有好多年了，现在机会来了，我们怎能错过？

"吵死人了，你们能不能安静点？"我和小绵正叽叽喳喳，同班同学皮旦没好气地丢来一句，"待会儿就要发考卷了，看你们还有心情听演唱会！"

"呸，我才不担心呢。"我冲皮旦做了个鬼脸。上次的英语考试，最后几分钟，监考老师出门接电话去了，而我把握那短短的几分钟，及时瞄了小绵的考卷几眼，几道重要的选择题都填上了。身为英语课代表的小绵，没可能给我掉链子吧？

英语课开始不久，果然就开始发考卷，我考了136分，这真是个令人眉开眼笑的数字。我得意地看了皮旦一眼，他正长吁短叹，估计战果惨烈。

只是，唉，我攻得下考试这座碉堡，却何时才能够打败演唱会门票这个大魔王呢？

2

跟在那只黑猫身后走了大概五分钟，我忽然发现自己不知身在何处。

放学之后，我独自回家。小绵虽然是我最好的朋友，但我们家在不同方向，而且她是单亲家庭的孩子，一放学总是匆匆回去帮家里做事，不可能像我一样还有逛街的空闲。

我在街上随意走着，想看看有没有学生也能干的临时工，结果临时工没找着，遇见了一只黑猫。

丝绸一般顺滑的毛皮，尾巴骄傲地翘起，一双宝石眼湛蓝。好漂亮的黑猫，我赶快掏出手机来个"随手拍"，它却一扭身就走，身姿优雅，步履从容。我就这样被吸引着跟上去。

我拍了一张又一张，然后发现自己到了个不知名的地方。

刚刚明明还在车水马龙的街道上，就算穿过了一条小巷，气氛也不该差这么多：我的四周似有夜雾流动，举目所见的建筑也不同了，耳里很安静，更衬得气氛的微妙。

那黑猫停下了脚步，眼前是一扇门，门开了，传出一声："欢迎光临。"

我鬼使神差地走了进去。

黑暗消失，视线豁然开朗。出现在我面前的是一张桌子，以及一个女子，她的头纱就像是把缀满星星的宇宙剪了一角织就，周身散发出一种神秘的气息。

"你好，亲爱的客人。"她甜美地微笑着，额上的泪滴状配饰闪过一道弧光。

"客人？这里是哪里啊？"我回过神来，问。

"当铺，我是老板。"她的声音与这个老气的称呼完全不搭界。

我还是第一次来到传说中的当铺，不禁四下打量起来。墙上挂着晦暗的油画，角落摆着造型古怪的雕塑，头顶悬下的灯几乎是一只蜘蛛……当铺都长这样吗？感觉更像是某种堆砌噱头的占卜馆……

"我没有什么东西要典当的。"我讪讪地说，"我是不是该出去啦？"

"怎么会没有呢？"女老板微笑着，"现在你的身上，不正有一个秘密？"

我以为我听错了，但她解释："我们这家当铺的主要典当物，就是秘密。你可以将自己的秘密在这里倾吐，等价交换。"

"开玩笑吧？"

"如果有疑惑，为什么不试一试？没有损失。"女老板十指交搭，指甲油与戒指交相辉映。

"那……怎么做？"

"很简单，你只需要说出你的秘密。"

我的秘密？……脑海里第一时间划过的，就是考试作弊那事。告诉陌生人有些不好意思，但，反正是陌生人，还能去举报我不成？

于是我说出了这个秘密。

让我吃惊的是，在我说话的同时，眼前有一颗晶亮的光球逐渐成形，它像是一颗小星球般缓缓转动着。

"这是什么？"

"这就是你的秘密啊。"女老板改变了一下坐姿，如变魔术般递给我一张钞票。

那是一百块钱，我一惊。

"我们是当铺嘛。"老板笑着解释，"鉴定已经完成。这是你那个秘密的价格。"

天，真有这么好的事情？说个秘密就能换钱！顿时，星河大大的演唱会不再那么遥不可及。如果我能够再多说几个秘密出来，兴许立刻就能凑足我需要的余款！

但，你一定有过这样的体验：越是着急要想起一件事，它就越是要跟你捉迷藏。我觉得我的秘密应该很多的，但这会儿竟一个也想不起。

"没关系，欢迎你再来嘛。"女老板和蔼地说。

我点点头，预感到未来将频繁地光临这家奇异的当铺。

这时，刚才引我来的那只黑猫不知从什么地方钻了出来，走向一扇门，步态仍是那么优雅，而我那个变成了一团光的秘密，就像是被它用无形的线绑住的气球那样，飘飘悠悠，跟着走了。

"可以去看看？"我问老板，她做了个不介意的手势，我便也进了那扇门。

展现在我面前的，是一座露天花园，满地含苞待放的花，我叫不出名字，却觉得它们有一种异常的诱惑力。"秘密"在黑猫的引领下落进了土里，于是，有几朵花便开放了，生机勃勃地摇曳着，即使是我这样不温柔的女孩子，也觉得真是漂亮。

"这是什么花？"我问黑猫。

黑猫没有回答。废话，猫怎么会说话？

3

第二天我走进教室的时候，心情很灿烂。一想到不久的将来，我就能够挥舞着荧光棒，跟大群狂热的粉丝一起看演唱会，我就不禁神采飞扬。"那边的朋友听得见吗？""听得见！"我会大声回应星河大大的问候。"会唱的大家一起唱！""思念纸钱——你不扔死我——"我会大声唱出星河大大的名曲。

棒透了。

同学们似乎也感染了我的快乐，见到我就一脸笑眯眯的，一片和谐的气氛。直到皮旦遗憾地对我说："我说你考得那么好呢，原来是抄的啊……"

我大吃一惊：皮旦是怎么知道的？不，其他人都暧昧地看着我，难道也是这个原因？要知道昨天我曾经因为成绩进步而被老师狠夸了一番，如果现在人人知道了我作弊……

教英语的狄老师这时进教室了，她一看到我就铁青着脸骂道："柯爽，好啊你！枉我那么为你高兴，结果你的进步是注水的啊！简直太不像话了！"……

我脸红，发烧，就算被公认为假小子，我到底也还是个女生。好久没有被当众这么骂了……奇怪，为什么我的秘密忽然就公开了？

我非常自然地想到了"秘密当铺"。啊……当秘密给了他们，就不属于我了。当一个秘密不再属于它的主人，那当然就等于被公开了啊！

再次光临秘密当铺，证实了我的推论。

这一次的抵达方式也同样不可思议。完全记不清具体的方向和路况，就只是满心想着要去那地方，环境便渐次发生了变化，等我回过神来，已经站在了店门口。

"你猜得没有错。"美丽的女老板仍旧微笑地接待了我，"给了我们的秘密，当然就随便我们处置。我的花园需要秘密作为养分，才能开花。"

我想起了昨晚看到的："开花之后呢？"

"当夜深人静时，那些花儿便会随风飘散，飘进人们的脑海，形成记忆。那些都是与你的秘密相关或会感兴趣的人知道的。"

我想象着那些绮丽的花儿如蒲公英般寸寸缕缕没入夜空……怪不得一夜之间，我的整个生活圈子都知道了那个秘密！

"请不要生气。交出秘密的时候，你就应该有这样的觉悟了。"女老板温和地说，"何况我们付钱给你了，不是吗？"

我欲哭无泪，还付钱给我呢。老爹老妈知道我作弊的事情后，宣布停掉我三个月的零用钱，一百块钱哪里够补偿啊！

"其实有办法补偿的。"女老板似乎能够看透我的心，"你可以继续为我们提供秘密呀。"

我沉默了。事实上昨天来过这里之后，我又好好地将自己的秘密罗列了一番，准备大卖特卖，那时我还以为女老板只是爱好八卦兼有闲有钱，怎么也没想到我等于是把秘密告诉了所有不该知道的人！那谁还会继续给她提供秘密啊？

但是那样一来，本已经离我有些近了的演唱会，一下子又远了不是吗？……

我在心里纠结着，应该公开哪个秘密，才在我脸皮的承受范围之内？

"如果实在无法决定，我有个提议，"女老板说，"你可以告诉我别人的秘密啊，我一样愿意要的。"

这……这样都行？我的脑袋里一下子就冒出了一个人：皮旦！那个死胖子今天损我损得可欢了，当时我就暗暗在心里发誓：君子报仇十年不晚！没想到机会来得这么快！

我知道皮旦的秘密。他在今年情人节，买了一盒巧克力塞在我们班最漂亮的夏纱的抽屉里。那个笨蛋！没听说过巧克力是男生送给女生的！这件事班上只有少数几个人知道，完全够得上"秘密"的标准。

当我说完皮旦的秘密后，一如昨晚，一颗光球在面前形成。女老板显得十分满意，给了我两百块钱。

"为什么涨价了？"我又惊又喜。

"因为这个秘密，比你昨天提供的，等级要高。"女老板说，"秘密的质量，是由当事人的重视程度、已经知道的人的数目跟一旦泄露后造成的影响力来决定的。"

原来如此，皮旦那种爱面子的家伙，当然是非常在乎这个秘密的，一旦这个秘密泄露出去，他在班上将有好一阵无地自容，尤其是在夏纱面前……这可比作弊曝光要丢人得多啦。

目送着皮旦的"秘密"跟随黑猫飘进那花园，我产生了一种两全其美的快感。

4

我没有想到，自己会成为秘密当铺如此固定的"供应商"。

仔细想想，我还真掌握着不少人的秘密。

上星期白老师的自行车车胎爆了，是马达给扎的。

叶开有一次捡到钱包后直接放进了自己口袋。

图书馆的书经常出现缺页，那是卓排的杰作。

…………

这些事情，有的是我自己看见的，有的是听别人说的。虽然都带点小奸小恶的意思，但谁也不会想着去主持正义。拿它们去换钱，我是非常心安理得的，哼哼，正好给这些不良少年一个教训！

于是，马达被白老师请了家长，叶开被钱包的主人堵住要债，卓排饱受爱书人士的批判……而我，数着芝麻开花节节高的资金，觉得自己简直是暗中打击犯罪的超级英雄。

可想而知，那些坏小子十分郁闷，气势汹汹地排查着举报分子。对这我倒是不担心，散播秘密的夜花来无影，去无踪，一觉醒来，"相关用户"的脑内信息已然自动更新，谁能怀疑到我的头上？

不过，这些不光彩的"秘密"很快就消耗完了。穷则思变，我不得不扩大范围。

柳小千的右手背上有块小小的疤痕，她总跟人说是胎记，但我知道那是她有一次心情不好，学电影里那些酷女孩抽烟的时候把自己给烫了。

——该不该泄露这个秘密呢？想来想去，我觉得没什么嘛。烟疤就烟疤咯，谁还没做过几件蠢事呀？重要的是现在的小千是个温柔又乖巧的女孩，那就够了嘛。

班长林薇给大家的印象一直都很成熟得体，但我无意中发现她有个马甲微博，她在那上面各种发牢骚，时不时还飙脏话，崇拜她的人看了简直要幻灭！

——该不该泄露这个秘密呢？老实说，我觉得班长活得太累了，人前一套人后一套，早晚精神分裂！如果大家都能认识到她的另一面，应该有助于她做回自己吧？

白老师的头发总是梳得油光发亮，一丝不苟，但其实他正受到秃顶的困扰！证据是那天去办公室交作业，我发现他正在淘宝上挑选防脱型洗发水！

——啧啧，虽然三十出头的男人就濒临谢顶是有些可悲，但该来的总是要来的，提早让大家知道也没什么不好嘛！也许还有人愿意支两招偏方呢……

我将各种挖得到、想得起的秘密一一运去秘密当铺，我觉得自己简直比蚂蚁还勤快！钞票像雨点一样向我洒来。收获最大的一次，我把一个秘密卖了一千块钱。那是我老爸的秘密，他骗老妈说加班，其实是跟老朋友打麻将去了。我本来对这个秘密不抱期待，只是随手"大义灭亲"，没想到它竟意外的给力！后来我发现，那是因为老爸的牌友们几乎都对自己的妻子撒了谎，这老爸一泄底，其他人也都跑不掉，有些叔叔还因此被翻了很多很多的老账……多么惊人的连锁效应呀！堪称"潜力股"！怪不得值这个价呢。

当然，我也遇到过功败垂成的情况。比如有些秘密，实在是已经过气儿了，泄露了也没有八卦价值，这就只能换到几块钱，少得像打发要饭的；又比如白老师那事儿，他的头发根本没问题，他只是帮家人挑洗发水而已，是我想当然了。既然这根本不算"秘密"，我就等于拿了个假货去当铺典当，非但换不到钱，还被罚款了！

…………

无论如何，这还真是一段既刺激又充实的时光呀，我都有些上瘾啦。

另外，鉴于我的存款数字不断上涨，我早就不满足于仅仅只是去看演唱会了，我决定要冲刺一下特等席位！一张票一万元呢！但是只要能坐到那里，我将能够看清星河大大的一举一动、一颦一笑，甚至有机会上台给他献花，跟他握手……

做梦还是要做得大一点儿，对吧？

女老板带着魅惑笑容说出的"欢迎光临"，已经成为我最喜欢听的一句话。

5

半个月过去了。我的累积资金已经有了五千块之多。对于当初目标只是放在八百块的我来说，这简直是一笔天文数字。

五千块钱已经可以在演唱会上占到不错的位置了，但那跟最前排的特等席位，毕竟没得比。据说，特等席位经常还会坐着别的明星呢……真想加入那里呀。但我能想到的秘密已经全部拿去换钱了，包括我自己的一些秘密。此刻，我已经弹尽粮绝了！

真不甘心。

无论如何必须再找些秘密来。

"喂，"与小绵在一起时，我装作漫不经心地问，"最近有什么八卦不？"

"你想听什么八卦？"小绵好气又好笑。

"都可以啊，谁对谁有意思啦，谁干了什么坏事啦……"

"为什么想听这些?"小绵睁大眼睛。她会惊奇也是正常的,过去,我掌握的那些秘密,全都是凑巧撞见的,要不就是已经被个别人知道了,我分了一杯羹,却没有一个是我刻意去挖的。相反,我还常常因为懒得听八卦而被女生们嘲笑:"怪不得大家说你是假小子!"

现在这样的我真是太不自然了。

最近我的生活圈子里,隐私被捅破的人不只一个两个,大家因此都警惕了不少,没有秘密的,再不随便制造秘密,有秘密的,个个拉紧了嘴巴的拉链。我在这样的风口浪尖上打听八卦,简直是自取灭亡!还好小绵是我最好的朋友,不至于我这么一问就立刻怀疑。

"最近怎么不太听见你念叨星河大大了?"小绵主动改变了话题,"筹够钱啦?"

"这不正在筹嘛……你呢?"

"原地踏步。"小绵吐吐舌头,"如果有谁愿意请我们俩就好啦。你说,会不会有那样的好事呀?"

"谁知道呢?"我耸耸肩,脑子里却蹦出了一个念头。

五千块钱虽然够不上特等席位,买两张最平价的入场券,却绰绰有余了!

啊,多么好。本来有些焦虑的我,忽然变得坦然起来。小绵真的是我最好最好的朋友,当初也是她介绍星河大大的歌给我,我才会变成他的"忠粉"。如果能跟小绵一起去听演唱会,那真是最好不过了!

就这么决定吧！也是时候该买票啦，否则，怕是连八百块一张的门票都没有了。

就在我这样想的时候，一个沉重的噩耗彻底击晕了我。

我的钱丢了！

6

晚上，我锁上房门，想再数数自己到底有多少钱了，但是，我却找不到钱包了。

贩卖秘密换来的那些钱，不论多少，都被我归置在了一起。我的钱包容量不小的。这放在家里吧，有危险，老妈偷看我的日记也不是一天两天，要让她发现我有这么多钱，非审死我不可。可是我又没有银行账户。没办法，那些钱暂时只能随身携带着。它们静静躺在书包的最深处，为我的肩膀增添一种有别于知识的重量。

现在却不见了。

书包的角落破了一个洞。是怎么破的？本来明明没有的！不小心刮破了，还是哪个小偷用刀割的?！这些我统统不知道，我要疯了!!!

爸爸妈妈在房间看电视，我不打招呼就穿过客厅，冲出了门。上帝保佑我的钱只是掉在了街上，上帝保佑它还没被人捡走！

天完全黑了，晦暗的光线增加了寻找的难度，也让我始终心存一种"也许还没被捡走"的侥幸。可当我恨不得趴着把从家到学校的那段路搜寻了两遍，我却越发绝望。

我也到教室里找过了，编了个借口让校工放我进去，结果却没有结果。

我的钱丢了。

我那么那么辛苦存下来的钱，居然丢了……

我简直想要大哭一场。

我没有想到会在这种时候，邂逅小绵的秘密。

当我失魂落魄地经过一盏盏路灯时，我发现我来到了小绵家附近，或许我下意识想找她诉苦？我看见有一辆车停在她家门口，我认不得牌子，但看造型就知道那是辆好车。然后小绵和她妈妈陪着一个个子高高的、穿风衣的人出来了。那个人与小绵和她妈妈分别拥抱了一下，进了车里。

我不知道自己是什么时候躲进电线杆的阴影里的，只知道我听见小绵喊了一声："爸，再来看我。"

爸？

小绵没有爸爸的。我说过，她是单亲家庭，与妈妈一起生活。我曾去过她的家，也没有见过她的爸爸。问小绵，她说爸爸跟妈妈分开了，表情有些忧伤，不愿多谈的样子。

车驶远了，小绵的妈妈做了个擦眼泪的动作，回屋去了。小绵站在夜色里多看了一会儿，待要返回时，我从阴影里走了出来。

"小爽？"小绵惊讶我的忽然出现，"你怎么在这里？"

"我钱包丢了……在找。"我自嘲地笑了一下。

"天啊，找到了吗？"

"没有——对了，刚才那个人是……"

"那个人？"小绵显得有些紧张，"哦，是我一个叔叔，从国外回来看我的。"

"我听见你喊他爸爸。"

小绵赶紧捂住我的嘴巴，左右张望了一下，叹了口气说："我们是最好的朋友，我只告诉你：那个人的确是我爸爸。因为一些事情，他不跟我们住在一起，但是会定期来看我们。"

"所以他没有和你妈离婚？"我有些糊涂。

"……"小绵咬着下唇，不愿多谈的样子，"你别再问了。有机会我会告诉你的。"

我也意识到自己有些过火了，就算是好朋友，也有不想告诉对方的秘密啊。

秘密。

仿佛已经很久没听到这个词了，当它出现在我的脑海时，我竟然打了个激灵。

"那么……我先回去了。"小绵对我说，"钱包丢了也是没办法的，你还是早些回家吧。"

走了两步，小绵又说："一定帮我保密啊。"

"当然！"我说。

我目送小绵进屋，果然有些反常啊，往常的她一般会拉我进去坐坐的……

我拖着沉重的脚步，慢慢往家走去。破产的痛苦卷土重来。为一件事努力了那么久，眼看成功在望，忽然间，什么都没了。这种感觉实在太虐了。

我边走边哀叹自己的不幸，一抬头，秘密当铺近在眼前。

我怎么又来到这里了？自从没有新的秘密可以提供，我已经好几天不得其门而入了。

门开了，我又看到了老板娘神秘而美丽的笑容，还有那只黑猫，也依然用平静的眼神凝视我。

"欢迎光临。"老板娘说。

"嗨。"我有些讪讪地，"对不起，我今天没有秘密可以……"

"怎么会，"老板娘笑吟吟地打断我，"我看得出，你的心里藏着一个精彩的秘密。"

7

我卖掉自己的秘密时都没这么犹豫。

小绵是我最好的朋友。闺蜜。死党。对我而言，她也是一个最干净最透明的女孩，并没有什么值得爆料的。直到今晚我才发现她也是有秘密的。明明关系不错却不生活在一起的爸爸，就是她的秘密。

我不禁问自己：什么爸爸会不愿意跟家人住在一起？来探望还要跟做贼一样神秘兮兮。有这么见不得人吗？

答案可以有很多个。

也许小绵爸妈的闹翻是很多年前的事，现在他们和好了，只是暂时没到复合的地步。

也许小绵的爸爸欠了别人很多钱，正被追杀，所以才不能公然露面，哇！

也许小绵的爸爸妈妈就像是罗密欧与朱丽叶，被双方家族反对在一起……

我应该卖掉小绵的秘密吗？我问自己。

条件反射的第一个念头是否定的。怎么能出卖自己的好朋友？

但我随即想起了丢失的五千块，心猛地疼了一下。就像是宁死不降的勇士在受刑之后，坚定的信念发生了动摇。

"说吧。"女老板的声音宛如催眠，她纤长的手指钩住黑发，曼妙地打着卷儿，暧昧的指甲油在黑色丝缕中若隐若现。

说吧。

说不说？

该不该说？

关于小绵的秘密，其实我知道的只是冰山一角，只是一点儿皮毛。具体的内幕我一无所知。那为什么不能说呢？

这样的秘密，并不比我过去出卖的那些严重呀。

说吧。

说不说？

该不该说？

我犹豫着，纠结着，但事后回想，早在我分析那个秘密的轻重时，内心的天平已经发生了倾斜。

"小绵她……"我机械地开口，"她一直说自己是单亲家庭，但她其实有爸爸的，而且爸爸还会定期来看她和她妈妈，那个爸爸好像挺有钱的，开一辆很好的车……"

伴随着我的吐字，熟悉的光球渐渐成形。

这是小绵的秘密，我竟有些无法直视。黑猫带走光球的时候似乎轻叹了一声，错觉吗？

"谢谢你提供的秘密。"女老板一边手的五指波浪起伏，"鉴定结果，这个秘密值——"

她的手心出现了两千块钱。

……这是我目前卖的秘密中，单价最高的！"怎么这么多？"

"你不高兴？"

"不是……但那个秘密很普通……"

"呵呵，在我们这些专业人士的眼中就未必了，或者你可以理解成，我在感谢你吧。感谢你这位忠实客户的大力支持。毕竟你这次出卖的，是好朋友的秘密啊。"

我的脸蓦地烧起来，分不清这话究竟是赞美还是讽刺，只是深刻地感到自己抛弃了一样很重要的东西。

离开秘密当铺的时候，我脑子里想着两件事。

第一，已经够了，我再也不要到这里来了。

第二，我要用这两千块钱，买两张最便宜的入场券，跟小绵一起去，我们要一起去。

8

只是一个晚上，一切都不一样了。

第二天早上我去上学，发现今天镇上似乎特别热闹，车子比平时多，我认出其中一些是电视台的采访车。怎么啦？星河大大的演唱会提前开始了？

到了学校，同学们正热火朝天地聊着什么，我们班教室更是炸开了锅。我想找小绵问问出了什么事，发现她还没来。

"她今天不会来了吧。"皮旦兴奋地说，"她现在可是大明星，不知多少人要采访她呢！"

我不知道皮旦在说什么疯话。为什么小绵会一夜变成大明星啊？但我很快就懂了，皮旦递给我一份新鲜出炉的快报。

我像是被人当头敲了一闷棍——

"星河被曝另有妻女？深夜造访苏姓母女！"

我几乎是在天旋地转中看完的这篇新闻。

作为粉丝，我熟悉星河大大的一切，包括婚姻状况：他早就结婚了，妻子是某唱片公司老总的女儿。他还没有孩子，一心扑在事业上。

但是，无孔不入的狗仔队却发现，星河还有另外一个家庭！他的女儿名叫苏小绵！这个消息实在是太劲爆了，一经曝光，立刻跃登本日最热话题，不管是星河还是小绵，都立刻成了媒体围堵的对象！

昨晚我看到的小绵的那个"爸爸"，竟然是我朝思暮想的偶像？！

震惊的我，听懂了周围人的话题重点，"私生女""外遇"之类极其难听的字眼不断地灌进我的耳朵。我的好朋友被人尽情地议论着。

是我的错吗？

是我的错吗？

是我的错吗？

连续几节课我都没听，本该集中在黑板上的视线，却一直落在小绵缺席的空位上。无良媒体的嘴脸我是见过的，不掘地三尺不痛快，想着小绵现在受到的对待……天啊。

一整个上午过去了，小绵也没有来。

放了学，我飞也似的跑去她家。

没有想象中的水泄不通，但后来我了解到，疯狂的狗仔队真的来过，不依不饶了两个多小时才被警方驱散。即使如此，仍有过往路人冲小绵家指指点点，一些不肯妥协的记者则在对邻居进行采访……

这条僻静的街道从未如此热闹。

我想去敲敲小绵家的门，但是没有勇气，也不知道小绵会不会开门。

书包里传来震动。我的手机响了。我们班上很多人都有手机，怕被老师发现，所以都静音藏在书包里。我赶快拿出来，只见来电赫然显示：小绵！

我的心剧烈跳起来，半天才按下接听键。

"小爽……"小绵带着哭腔喊我的名字。

"小……小绵，你没事吧？"我小心翼翼地问。

"小爽，我看到你来了，但妈妈让我不要开门。对不起。"小绵哭着说，"早上来了好多人，有的跟流氓一样就想闯进来！我知道现在还有几个埋伏在附近……"

"没关系没关系，小绵你不要哭……"

"同学们是不是议论我了？不是他们想的那样，我在网上看到一些人的话了，他们说得非常难听……"

接下来，小绵有些颠三倒四地告诉了我她爸爸妈妈的事，全程哽咽。

唯独没有出现一句我所担心的质问，连一句也没有。

"小绵……"最后竟是我忍不住提出，"你为什么要把这些告诉我？"

小绵吸了吸鼻子，我们之间有一阵短暂的沉默，然后她说："因为你是我最好的朋友。我想找人说说，就第一个想到了你。”

我的眼泪一下子就流出来了，一下子，我就泣不成声。

小绵是这么信任我，我却辜负了她。她将事情演变至此的原因全都归咎于那些无耻的媒体，她却没有想到我才是那个始作俑者。

她甚至说：“我跟爸爸说，希望能去看他的演唱会，于是昨晚他特地给我送来了门票，一张你的，一张我的，很好的位子……”

我不配拥有这些。

我不配当小绵的朋友。

我不配。

9

“每次看到你，我都非常开心。这一次，又要给我什么样的惊喜呢？”

“我不是来送秘密的。我想问，有没有收回秘密的方法？”

听见我的问题，女老板迷人的眉毛微微一挑，角落里的那只黑猫，耳朵也动了动。

“这里是当铺吧？”我大声问，“能当，不就应该能够赎回？”

“理论上是这样，但说真的，我们从未遇见有这样要求的客人。"女老板似笑非笑。

"如果我赎回秘密，是不是就好像秘密从没有泄露过？是不是一切等于没有发生过？"

"是的。至今我们所做的，是把秘密变成记忆，种进人们的大脑，取回秘密只是反过来操作而已。但是，亲爱的客人，你确定要这么做吗？"

"我确定。这是钱，我没用过！"我赶紧拿出那两千块。

女老板咯咯地笑起来："抱歉了，赎回秘密，不可能与典当秘密一个价钱。尤其是你朋友的那个秘密——那是一个多么具有成长性的秘密啊。你卖给我的时候，它的内容不过就是你的好朋友其实有爸爸，但这个秘密里其实嵌套着更多的秘密：爸爸是谁？他为什么要与妻女分开？他们现在究竟是怎样一种关系？……你提供的秘密，就像是一扇门，开启了一个丰富的宝库。你说，它还是你能随随便便收回去的吗？"

我的手脚在颤抖。果然，一切都是我的错。我想起之前卖掉爸爸去打麻将的秘密，结果连累他的另外几位牌友纷纷曝光。不起眼的种子可能长出难以预料的果实，我早有体验的不是吗？既然答应了帮人保守秘密，就绝对没有讨价还价的余地。我有什么权利衡量一桩秘密的分量，有什么资格决定一桩秘密的去向？

我对不起的人，不仅仅是小绵一个。

"到……到底要怎么样，我才能赎回小绵的秘密？"我咬着牙问。

"十倍的价钱，你愿意么？"女老板悠闲地问。

两千块的十倍是……两万。我怎么可能付得起！

"我们是开门做生意的，不好意思。"女老板语气抱歉，脸上的笑容却毫不内疚。

就在我感觉四肢无力的时候，一个声音在我的耳边响起：

"如果你付不起钱，还有个办法：你可以用你的秘密来交换啊。"

我惊愕地转头，只见身边不知何时多了另一个女孩，她披一件黑色的斗篷，戴着黑色的面纱，整个人像是披着一身黑雾。

这个人……对了，那只黑猫不见了，她是那只黑猫！

"你别多管闲事。"女老板收起笑容，冷冷地说。

"只要你愿意交出你的秘密，你就可以救你的朋友。"黑猫仍在说。

"我的秘密？我还有什么秘密？"我感到糊涂，我能卖的秘密，都已经卖掉了啊。

黑猫微笑着对女老板说："连当事人都意识不到，这个秘密的含金量有多高，你应该明白。你也说了，我们是开门做生意的……"

"好啊。"女老板几乎是咬牙切齿地笑了，"只要她愿意！只要她愿意承担秘密泄露的后果！"

"我愿意！"我毫不犹豫地说道。

我还有什么秘密，我不知道，泄露了有什么后果，我不知道。

但如果能帮到小绵，我愿意！

我真的愿意。

10

又迎来了一个天亮。

我睁开眼睛后想的第一件事是：小绵的秘密被回收了吗？然后，我一骨碌坐了起来。

走出房间，我看到了爸爸妈妈，我忙问："你们有没有听说星河跟小绵的事？"

如果秘密被回收了，那么他们应该会一头雾水地看着我吧。

但他们没有，他们只是狠狠地瞪了我一眼，就各自出门去了。

我莫名其妙，不知是怎么了。他们甚至没给我弄早餐！

我空着肚子去上学，路上遇见了几个邻居，他们看到我就躲开，同时不忘投以嫌恶的目光。

这……这算什么啊？

"啪！"快到学校时，忽然有一个鸡蛋砸在我的头上。摸着那黏稠的蛋清，我愕然，回头看见皮笑肉不笑的皮旦、马达、叶开他们。

"有病啊？谁干的?!"我问。

"谁干的？没看到啊。"男生们互相看看，耸肩。他们的脸上，是一种幸灾乐祸的笑容。

"哟，这不是广播站吗?"说话的是柳小千，她跟几个女生站在一起，嘲弄地看着我。

天哪……

"真谢谢你为我做的一切，我微博粉丝大增呢。"林薇冷冷地说。

"以后谁再说这家伙像男生，我就跟谁急!"皮旦宣布，"妈的男生有那么碎嘴？有那么爱打小报告?!"

"啪!"这一次我看清扔鸡蛋的是马达了，他完全不避讳地表达他的愤怒。

我的眼睛被糊住了，看不清了，但更多的东西朝我丢过来，"啪!""啪!""啪!"……我摔倒在地，感觉如同掉进了万丈深渊。

我明白了。我明白黑猫所说的，我的秘密是什么了!

我的秘密，就是我出卖了那么多人!

身体传来了疼痛感，是谁在踢我了吗？怎么就没有人阻止？我尽量蜷缩着身子，害怕得浑身战栗，是谁？是潘杰吗？是杨醒吗？……天啊，我到底出卖过多少秘密我竟然记不清。这些秘密曾带来多严重的后果我也没有关心过，我只想到自己，只想到演唱会!

我抱着头，忍受着大家的打骂，眼泪已经汹涌而出，模模糊糊间我看到了小绵。小绵！我贩卖秘密都是为了她！我赶紧叫道："小绵，你爸爸……"

小绵的声音盖过了我，她用尽全力喊着："大骗子!!!"

我像是失了聪，世界在那一刻完全坍塌，我一动都不能动了……

我带着一身的汗、满脸的泪从床上坐起来，映入眼帘的，是床头柜上的两盏萤火。

那是一双眼睛，一双猫的眼睛，它轻盈地一跳，倏然化作那个黑袍少女。

我喘着粗气，情绪还完全沉浸在刚才的梦中，甚至分不清那是不是梦。

"被背叛的滋味并不好受。"猫少女轻声说，"你现在完全体会到了吧?"

"我的秘密……"我擦着眼泪。

"没有被取走，还好好地在你身上。我只是用了一点小办法，让你能够感受一下你原本要面临的。"

梦中的一切历历在目，我打了个寒战："你们没有拿走……那小绵……"

"不如你先回答我，做过这个梦后，你还愿意帮助你的好朋友吗?"

我说不出话来。

我恨自己这样懦弱，恨自己把自己陷于这样的田地。

"不必勉强回答。事实上，你在不知道自己会有什么下场的情况下，仍愿为她挺身而出，已经很说明问题了。"猫少女说，"你朋友的秘密，我已经回收了。天亮后，所有人将不再拥有前一天的记忆。"

"真的吗？"我的眼泪流出来。

"是的，但你做过的错事却不会消失。希望这些能成为你的良心债，让你长久地背负下去。"

"你为什么要帮我？……你们到底是什么人？"

猫少女看着窗外："我和她，来自与你们完全不同的另一个世界。巫婆、魔女、妖精……你喜欢怎么称呼我们都行。开一家店，诱惑人类出卖他人的隐私，最终让他们自食其果，就是她的目的。我只是个帮手。"

"她为什么要这么做?!"

"为什么？"猫少女苦笑了一下，"她也曾经相信友谊，直到被背叛，重要的隐私泄露，沦为所有人的笑柄。也许在她看来，你与当初出卖她的人没有不同，她要借着惩罚你们这样的人，来达到报复的目的。"

我看着猫少女的表情，脱口而出："你不会就是那个……背叛了她的人？"

"不错。"猫少女垂下长长的睫毛，"她受伤很深，我怎么道歉也弥补不了。当知道她要开这样一家店时，我便自愿当她的助手。我有责任，所以希望能多少分担一些她的罪恶。但我一直相信她会醒悟的，如果能够让她看见——一个人为了向朋友道歉，愿意牺牲自己……我想，她不会无动于衷。你们其实就是曾经的我们。"

听完猫少女的话，我想我终于理解了女老板。她请君入瓮的手段，她绵里藏针的话，她似笑非笑的表情……以及当我说出"我愿意"时，她的错愕。

"这么多年的心结，她未必说解开就能解开，但这总算是个好的开始吧。"猫少女笑着说，"其实我该谢谢你。虽然，更应该向你道歉。"

我用力摇着头，想到与秘密当铺接触的种种，我觉得自己没资格承担任何谢意或歉意。

"我们以后应该不会再见面了。那么现在，请再回答我一次：即使会发生梦中的事情，你仍然愿意挽回朋友的秘密吗？"

我用力点了点头。那一瞬间，猫少女消失了，黑暗的房间中，只残留她笑容的弧度。

我待了一会儿，走到阳台上去。我看到了难忘的景致：无数扬花般的细小光斑正从家家户户升起，如同成群的萤火虫，如同逆流的银河，浩浩荡荡，飞向天空。

我知道那些是小绵的秘密。我感到自己的脑袋也正变轻，一些记忆渐渐变淡，离我而去……

结过婚的超级偶像星河，为什么还有另一个不为人知的家庭？老实说，我真的很想知道，即使吃了这么多苦头，也还是忍不住想知道。

无论哪个世界的人都有秘密，无论哪个世界的人，都有无法克制的八卦欲。

也许一切秘密不过是海市蜃楼，戳穿了什么也没有。也许一切的惊天动地本质都是大惊小怪，只因为这个时代太浮躁和无聊。

但秘密就是秘密，只属于它的主人，以及主人愿意分享的对象。

如果小绵仍愿告诉我，我就愿意倾听。如果不，我宁可永远保持着好奇心。总有比秘密更重要的东西值得我去守护。

亲爱的朋友，我再也不会背叛你。

路西法的世纪末预言 / 姜来

旅客正把相机连入电脑，导出了近期所拍摄的照片。他得意地敲打着文字、倒弄着配图，发布微博。

　　这时，电视机传来了嘈杂的声音："下面播报一条紧急新闻，2016 年 12 月 12 日上午十二时，位于 A 市 B 区的工厂发生了一起爆炸事故，目前无人员伤亡，事故的原因还在进一步调查中……"

　　"这，这，这……！"旅客看了看日历，迅速回到电脑屏幕前回翻了自己以往的微博，竟一下子瘫倒在了地上。

　　屋外寒风凛冽，对旅客而言，接下来即将面临的，将是比已往更加寒冷的严冬。"咚咚咚。"不紧不慢的敲门声响起，每一下都如子弹一般正中他的心脏。该来的，还是来了，只是没想到警方的速度那么快。旅客勉强支起身，应了门。

　　警车带着他穿越了大半个城市，至少省了他一半的观光旅程，他心里自嘲着。为了平复情绪，他从口袋里掏出烟，手却不住地颤抖，打火机也掉在了地上。不行，他深吸一口气。如果这里就失去了理智，反而会被怀疑得更深。

警方核对了基本信息后，询问正式开始。"2016 年 12 月 12 日上午十二时，你在哪里做什么？"警方一改先前温和的态度，如鹰锁定猎物一般望着眼前脸色苍白的人。

"我，我……"旅客刚想开口解释，喉咙却燥热得怎么也说不出话来。

一旁记录的警察正在上下打量着旅客，把他的窘态也作为档案一并记录了下来。"好，"警官打破了沉默，先发制人："那么我们换种轻松的方式，我问你话，你只须点头或摇头。"

旅客听罢，死命地摇头。他指指喉咙，右手做了一个喝水状的动作，用乞求的目光望着眼前的刑警，试图争取一丝辩驳的机会。

刑警意外地答应了。旅客接过水，一股脑地喝了下去，结结巴巴地说："我……我记不清了。"

"那么，2016 年 11 月 11 日呢？"刑警身体前倾，进行了心理上的逼迫。没想到那么快就问到了重点上。

还没等他作答，三份资料已经被平铺在了他的面前。一份，是旅客 10 月 3 日走访工厂时，因为拍摄的图片牵涉商业秘密，与工厂工人发生争执的工人证言。一份，是 10 月 15 日发布的微博，上面写着："不懂艺术的人，罪该当诛！"配图是一个红色的工厂。第三份，是 11 月 11 日发布的微博，上面写着："2016 年 12 月 12 日，灾厄将会降临红砖墙面的工厂，接受神罚吧！"

刑警看着资料，打量着眼前被逼入绝境的人。人真是不可貌相啊，这么胆小的人，在网上却是如此猖狂激进。刑警想着，又故作轻松地摊了摊手："那么，我能不能理解成，你在摄影途中和工厂工人不和，起了杀意，蓄意制造了这起爆炸案呢？"

"你，你说什么？"旅客愤然站起身，瞪大了眼睛，以掐脖的手势朝着刑警猛扑过去，结果被旁边的人员重重地按在了桌面上，双手反扣在了身后。桌面的撞击让他的侧脸挤压成了奇怪的形状。

旅客眼里布满了血丝，怒吼着，身体却被上了锁一般动弹不得。"我是无辜的，我是做梦梦见的，真的梦见的！梦里有红色的工厂，有火光，有人！有……"他挣扎着，在这样巨大的压力之下，竟突然昏厥了过去。

"还要继续吗？"助手轻声问道。刑警想了想，摇摇头："虽然逻辑链是存在的，但是并没有直接证据，看他这个状态，心理防线完全崩溃也是迟早的事。到时候收集证词也不迟，姑且就先到这里吧。"

旅客躺在床上，翻来覆去地想着前几日被盘问的情形。嘴角的瘀青、手臂肌肉被拉伤的疼痛感，伴随着仇恨一起蔓延开来。原本还抱着一丝幻想，希望对方能听自己解释真相，可是这种导向明显的盘问，根本最初就不公平！他愤愤地捏紧拳头捶打着墙壁，愣愣地看着天花板。怎么办？要怎么做，才能告诉警方那只是一个梦呢？

那天旅客结束了当天的游程，躺在床上迷迷糊糊地翻了个身，就落到了一片柔软的草坪上。他站起身拍拍裤子上的灰尘，远远地看见一股浓重的烟尘扑面而来。他跑近一点张望，发现是那个到过的工厂起了火。浓烟滚滚，里面工人尖叫着，推搡着跑出工厂。"接受神罚吧！"他看着眼前的场景，兴奋地拿起相机拍了照，相机上的时间是2016年12月12日。正准备瞄准镜头，一团火光瞬间将他一并吞噬。他挣扎着从梦中醒来，回到了现实，却不能忘记那个真实的梦，于是在网上发布了这条可能会使他受牢狱之灾的微博。

"都是那个可恶的梦！"旅客忍不住沮丧地大喊了起来。自己原本只是个旅行者，但是接下来的人生，却很有可能因为自己做过的一个梦变成了现实而锒铛入狱，被囚禁在四四方方的阴湿的房间里，失去自由！

等等，做过的梦变成了现实？旅客忽然想到了什么，猛然坐起身。一股强烈的好奇心随着心跳的加速，肆意地在体内流窜。"如果，如果是这样……"他打开了自己的微博。由于手不住地颤抖着，短短二十个字的微博，他竟输入了十五分钟之久。

接下来的半个月，他过得并不轻松。警方虽然不再找他问话，但他一觉醒来，拉开窗帘，总能看见街角的男子窥视着他的一举一动。他拉上窗帘看了看时钟，不安地在房间里来回踱步，随着秒针转了一圈又一圈。

时间差不多了，他深吸一口气，打开了电视机。"现在插播一条紧急新闻，2017 年 1 月 3 日，A 市 D 区工厂发生爆炸，幸无人员伤亡，具体的事故原因还在进一步调查中。下面播报相关新闻，由于冬日干燥，火灾频发，工厂购入安全事故预警器的数量急剧上升，导致……"由于太过震惊，旅客站在原地一动不动，手中的遥控器跌落在了地上。

这是旅客第二次进入审讯室。

这次还没等对方开口，他便滔滔不绝地说了起来："你看，我真的什么都没有做，你们都在监视我，你们都看到了，我真的什么都没有做！我有不在场证明！之前也是，之前我只是做了一个梦！"

刑警沉思了一会。的确，虽然同属 A 市，去一次 D 区也要花上大半天的时间，按照旅客这几天的行踪来看，他没有去过那里。在警方的严密监视下，再加上被人监视时心理的恐惧，一定会露出破绽，而这起案件却做得滴水不漏，旅客的行为也没有异常。这是怎么回事？

即使心里有所迷惑，刑警依然不动声色地摆出了两份文件。一份是一个蓝色房顶的工厂被烧毁的资料，上面有着详细的工厂地点、经营范围和一些旅客从来没有接触过的陌生字眼。另一份，是他的微博截图，上面写着："2017年1月3日，这次是蓝色房顶的工厂。"

让刑警更迷惑的是，旅客看见资料后，兴奋不已，丝毫没有了上次的恐惧和愤怒。他的眼神在两份资料之间来回游走，不断喃喃自语着。

他到底在耍什么花招？刑警刚想开口询问，旅客突然爆发出刺耳的狂笑声，又瞬间恢复了平静。他拼命压抑着兴奋，语调显得十分不自然："是我，两起爆炸案都是我干的！"

没想到事件在最混沌的时候出现了这么大的逆转，刑警用眼神示意助手，助手点点头，开始了记录。办案那么多年，从没有碰到过这样的当事人，先矢口否认，现在又极力承认，难道是故意打乱警方的阵脚？暂且就处于被动的位置，听他说吧。

刑警微笑着向旅客点了点头："那么，你是怎么策划这两起爆炸的呢？"

旅客瞪大双眼："什么？你是说……策、划？"他故意放慢语调，仿佛听到了难以置信的事情一般。"是，策划，你是怎么策划这两起爆炸的呢？"

又是一阵刺耳的笑声。这个人怎么不按常理出牌？刑警深吸一口气，保持着沉稳的微笑。

"不用策划，因为，因为我是个预言家！首先，我收到了神的启示，在微博上预言，然后事件就发生了！就是这么简单！嘭！啪！"旅客用手比画了一个夸张的爆炸的样子。苦于没有证据，第二次审讯，以这样的方式告一段落。

旅客大摇大摆地走出审讯室后，刑警久久地坐在原地。预言？玛雅人的预言都失败了，如此拙劣的借口，想要掩盖犯罪事实，这个男人是在把警方当猴耍么？一股无名的火，在刑警的腹中窜动。

没有确凿的证据，光是这样含糊其词的微博，连入罪的基本门槛都够不上。案件已经发生了两起，如果再这样下去，工厂罢工停业，舆论指责警方办事不力也是迟早的事。这下麻烦大了，刑警揉了揉太阳穴。

这时，门外传来了急切的脚步声。书记员气喘吁吁地跑了过来："他……他又有动作了！"

先是那个真实的梦，然后又是这一次，难道，我真的是个预言家？在回去的路上，旅客反复思索着，一边拿出手机刷了今日最新的微博。他看见手机屏上显示的粉丝数量，个，十，百，千……万？评论也有几千条，不，一定是系统弄错了。他把软件关闭，重新开启，登录，输入密码。还是一样的情况。

这是怎么回事？他的微博叫旅客手记，只是平凡地记录一些照片，偶尔分享一下心情，平时最高一天的访问量也不会超过五十个人。虽然自己也有一百多个粉丝，可一半都是认识的熟人，还有若干购物促销的人混了进来。也就是说，真正的粉丝，不会超过二十个人。

这时，他看见了微博话题栏目的头条："你，相信预言吗？"

下面文字编辑解释道："一个微博连续预言了两次工厂爆炸事故，是阴谋，还是真的有恶魔存在？"下面的配图，是他的两次预言的微博截图，好事的主编分别圈红了发布的时间、预言的时间和工厂的特征，又在下面配上相应的新闻报道和工厂的照片。

下面的投票五五开分，一半的人表示，"根本不能相信，希望大众不要被迷惑，一定是有人蓄意犯罪"。

还有一半的人表示相信，并且期待着案件继续发生。旅客望着手机，他突然发现自己无意之间在虚拟世界里成了名人。他一条一条阅读着评论，有狂热的追随者，有想借他预言飞黄腾达的人，也有批评说他造谣生事的人。

总之，旅客成了名人。"幸福来得如此突然。"这句话不断在他的脑海里盘旋。就在半个月前，他还在责怪那个梦，被警方的询问牵制着，担心着自己的生死和自由。

而如今，自己第二次从审讯室里走出来，成了新世界的神！新世界的神，叫什么好呢？从光明走向黑暗，一个名字出现在了他的脑海中：路西法。光明之神转变为堕落的恶魔，就像他自己一样。

旅客皱着眉头苦苦思索着。"现在，就现在，让你们看看路西法的审判！"他拇指快速地在手机屏幕上游走着，发布了："下一次是 2017 年 2 月 14 日下午 4 点，愚蠢的人类，接受天罚吧！"按下发送键后，他看了一眼身后的警局，趾高气扬地走在了大街上。

一阵寒风吹过，路人纷纷捂紧自己的衣领，不让寒风带走自己哪怕一丝的体温。只有一个人，挺胸抬头地走着，昂首阔步，张开了双臂拥抱寒风。

回到家里，旅客打开了电脑，将微博改名为路西法，配上了恶魔的头像。微博刚发布不久，评论数已经上万。旅客眼前仿佛看到了千万的子民朝他跪拜，而他高高在上地坐着，享受着众人的敬畏。

警方一边严密地进行着监视，一边调查了旅客的个人信息，并没有任何突破点。难道，真如他所说，他会预言？不，这绝不可能。一定还有什么重要的信息被遗漏了，不可能有没来由的案件。这时，手边的一份报纸吸引了刑警的注意。

2017 年 2 月 14 日，原本是情人们互相表达爱意的温暖的日子。这一天却因为"路西法"的预言，街上的人群、网络上的评论者都充斥着不安的兴奋。

"下面播报一条新闻。""要开始了，开始了！"旅客兴奋地跳上椅子，把电视机音量调到最大。"今天在 A 市 C 区工厂发生一起爆炸案，由于工厂事先安装了安全事故预警器，工厂员工得以迅速逃离，火势也得以控制。"

"万岁，万岁！我是路西法，我是神！"他高声呐喊着，点开自己的微博，粉丝数量已经突破了十万。大家都隔着小小的屏幕，敲打着文字，肆意释放着内心对于事件发生的兴奋，仿佛自己也能被路西法庇佑一般。警车的鸣笛声越来越近，旅客换下登山鞋，扔掉了沉重的旅行包，穿上了西服和皮鞋，体面地等待着警方的到来。

可是警车的鸣笛声并没有停下，而是疾驰而过，越行越远。路西法有些失望，不过转念一想，有可能是警方害怕自己的能力，所以不敢接近自己吧。这种科幻小说一般的剧情，竟然发生在了他的身上，多少有些不可思议。平凡的人生，终于在这个世纪画上了句点。预言纵火爆炸，并不在当今法律管辖的范围之内，也就是说，为所欲为？

"如果是这样的话，那么……"一丝狡黠的笑容挂在了他的嘴边。这时电话响了起来，路西法接了起来，是自己在网上认识的旅友，说要来 A 市办旅行作品展览，时间暂定 2 月 20 日。挂了电话之后，一股妒火充斥着路西法的整个胸腔。自己是个无名小卒，对方却可以办摄影展？路西法愤怒地把桌上的物品都扫到了地上。

"这简直没有天理！"路西法跪在地上怒喊着，忽然恢复了镇静。"那么，就让我来审判你吧。"他点开微博，平复了激动的心情，写下："玩爆炸没意思，来点更刺激的！2 月 20 日下午，将有一个到达 A 市的旅客被钛刀割喉而亡！"他重重地按下了回车键。

不到一分钟，微博的评论下方都是支持者放肆的呼喊。"路西法万岁！""杀，杀，杀！""让讨厌的人都去死吧！"他一条条地念着。那些网络暴民的戾气，仿佛能够增加他预言的准确性一般，他感到自己体内的能量不断剧增，仿佛下一刻，他就能预言世界末日的来临。这时，他的门又被敲响了。

"啊，终于，终于来了！我可爱的警察先生！"路西法学着电视剧里绅士的样子跳着圆舞曲，一路来到了门口。

"先生，小姐，请问这次来找我有何贵干？"旅客礼貌地敲敲门，熟门熟路地进了审讯室，用手比画着脱帽致意的动作。"这一次，我们是向您致歉的。"说罢，刑警毕恭毕敬地半鞠了一躬，"亲爱的旅客先生，这次是我们调查的疏忽，漏了一个重要的环节。现在我们正式宣布，您与近几个月来的爆炸案没有丝毫牵连，您是无辜的。"

"什么？我是无辜的？你再说一遍！你就不怕遭到天罚吗？我可是路西法！我是天使，是神明，是魔鬼！"路西法感觉自己受到了极大的侮辱，"你们竟然不相信这个世界上还有奇迹的存在！愚蠢的人们，真是太让我失望了！"这样可比第一次更加难交流啊，刑警无奈地摇了摇头，递上了一张调查报告。

调查报告上，是一个中年男子的照片。下面写着：鸿鹏器械有限公司总经理。刑警微笑道："你有没有想过一种可能性，不是你的语言成为了现实，而是有人利用你的预言，把它变成一种现实呢？"

路西法根本听不进只言片语，只是一味地重复天罚和神明。刑警只好无奈地拿出录音笔，播放之前录下的口供。"咳，我是鸿鹏器械有限公司的总经理，因为我们厂生产的安全事故预警器销量并不好，还在推销的时候和工厂的员工发生了争执，所以非常气愤。这时，我看到一条微博，啊，对对对，就是这个旅客手记。当时我就在想，如果按他微博说的那样，真的发生了爆炸，那么预警器的销量一定能上升的吧。而且，而且警方也不会怀疑到我头上。我，我不想弄出人命的，相信我！所以我事前都和工厂老板商量好了，事先把损失赔给他们了……看到自己的产品销量不断地在上涨，我忍不住……"

嘟的一下，刑警按停了录音。"就是这样，事实就是他利用你的预言制造了爆炸案，来提高自己产品的销量。"路西法感觉自己被人从神坛上端了下来，落入了无尽的地狱。

"那，那么那个梦呢？"他瞪大眼镜望着刑警。"这，就如你第一次所说的那样，那的确只是个梦。"一瞬间刑警的身影开始重叠交错，耳边的声响也消失了，眼前陷入了一片漆黑之中。

"从来不存在没来由的案件。"刑警在接受采访时说道，"对，并不是预言了案件，而是根据预言去发生案件。这起连环爆炸案，牵涉的几个工厂都无很大的关联度，又没有人员伤亡，唯一能在案件中获利的，只有预警器的生产厂商。一开始追查错了方向，但是明确了之后，案件就明朗了起来……"

电视机里的刑警被无数的话筒和闪光灯围绕着，而旅客却无力地瘫坐在椅子上。这一切，都要结束了吗？那些预言，那些拥护者，那些邪恶的欲望，都随着电视机前刑警的言辞消失得一干二净。也算是做了一场不错的梦。

旅客看着镜子。从警局回来的这几天里，自己一直穿着那套西服，相机也蒙上了一层薄灰，旅客突然发现自己是那么的可笑。事件已经告一段落，在不与外界有任何交流的这几天里，失落的心情也得到了平复。无所谓，平凡人也有自己的人生。他启动电脑，点开了微博，想把那个可笑的账号注销掉，可是却怎么也下不了手。

微博最新话题占满了整个版面："是警方掩盖超自然现象而说谎，还是预言家根本不存在？警方 or 预言家，你相信谁？一切都将在今日揭晓。"

今日？旅客看了看电脑右下方的时钟。2017 年 2 月 20 日。旅客大惊，今天是他之前预言的日子！

时间一分一秒地走着，网上积攒的负面评论越来越多，先前还有许多用户为自己辩驳，等到了晚上零点，时钟跳入了 21 日时，铺天盖地的咒骂向他涌来："骗子、小丑、蠢货!""真失望，什么事件都没发生，无聊。"这些咒骂一针针刺痛了他的内心。

他开始怀念被众人拥戴的日子。有什么办法，可以让自己的神话续写呢？

一条微博如雨后春笋一般滋润了他的心灵。"你可是神！无所不能的神！一定是哪里弄错了！"对，他喃喃自语道。一定是哪里弄错了！哈！旅客高兴地从座位上站起来，他想到了一个让自己成为永恒的传奇的方法。他在网上输入了如下文字："上一次是我的输入出现了问题，可笑的警方试图用愚蠢的方法歪曲事实，预言的内容不变，时间改为2017年2月22日！"这一次，他没有写接受天罚。

忽然评论又兴起了，那些失望的人重新被点燃了恶魔一般的火焰，支持着，转发着，向他诉说着自己的愿望和不满，路西法仿佛又被人从地狱的深渊里拉了回来，热泪盈眶地回复着子民的诉求。这一刻，他感受到了真正的路西法在向他召手。

2017年2月22日，如那条微博所言，有一位到达A市的旅客被钛刀割喉而亡。刑警赶到现场的时候，看见那个熟悉的面孔上还挂着幸福的微笑。

偷换时间的人 / 顾 晶

"同志，你叫赵博是吧？来，请坐，不要紧张，这只是例行公事，找你了解下情况而已。"

赵博按民警手的示意，在桌子前的方凳上，双腿并拢，端正坐下，胸微含，身子稍向前探着，生怕漏听了一句的样子。

"傅建军你认识的吧，你们平时熟吗?"二十多岁，生着一张圆脸的民警望了眼面前摊在桌上的记事本，抬头看着赵博道。

"跟他也不算特别熟，不过都是一个厂里上班的，平时见到也会说上几句。孙友志倒是跟傅建军关系很好，经常见他们一块儿下班后去喝个小酒什么的。"赵博看着那年轻的民警，在桌上那个记事本上写了几笔。

"那傅建军平时在厂里得罪过什么人？或是跟人吵过架什么的吗?"民警停下了笔，接着问道。

"这个，这个可不好说啊，讲错话会得罪人的。"赵博瞟了一眼民警，脸色颇有些为难，搓了下手道。

"不要担心，赵同志，现在你讲的话都是保密的，不会泄露出去。而且你讲的话可能会有助于我们侦破案情，现在任何信息对我们而言都是有用的。放心讲吧，不要有任何保留。"

赵博在民警眼神的鼓励下，舔了下有些干的嘴唇，咽了咽口水道："老实讲吧，傅建军这人心眼不坏，但嘴上有点欠。我们班组里每个人都被他损过几句，我们也不跟他一般见识，都是一个厂里的人嘛。但有一次他跟他们那个区的小组长林文进闹得挺凶，两人还打上了，幸亏被大家拉开了，没伤着什么人。"

民警飞速地在本子上记了几句，颇有些兴趣地接着问道："那他们是为了什么吵起来的？"

"其实也没啥大不了的，就是林文进有个小舅子也在那个组里，平时嘛，多少有点照顾那小子的意思，不分他重活。那次正好派了傅建军一个累活，他不满意，便骂林文进搞小集体，中饱私囊啥的。"

"那你跟傅建军有过节吗？他说过你什么呢？"民警从本子上抬起眼，盯着赵博道。

"嘿嘿，我们那儿谁没被傅建军骂过几句呢？"赵博嘴巴扯着面皮，有些自嘲般笑道，"他骂我老单身汉，眼睛就知道盯着漂亮姑娘，还说我跟踪人家姑娘，老在人家家门口转悠。民警同志，你说我一个抄电表的，当然得走街串巷啊。不过傅建军这人就这脾气，嘴臭，我也犯不着跟他生气。"

"傅建军说的漂亮姑娘，是不是两个月前崇武区被奸杀的那个叫周婷的姑娘，好像你就是负责那个区抄表的吧。"年轻民警抽冷子来了一句，目光灼灼，脸上有一丝捕食动物伺机而动的兴奋感。

赵博脸上明显的一滞，但转瞬轻巧地一笑道："看来民警同志已经调查过了啊。不错，崇武区是我负责抄表的，不过这个叫周婷的姑娘我可不认识，也不知道她具体住哪里，况且我那段时期的工作记录都可以查得到。身正不怕影子歪，傅建军那些造谣的话可真没人会信。"

民警微挑了下眉毛，不置可否，扫了眼记事本，继续问道："那前天5月10号，也就是傅建军遇害那天，你觉得他有什么不一样的地方吗？或是单位里有什么异常的情况？"

赵博歪着头，努力回想了下道："那天没啥特别的，就跟往常一样，下了班后，我到我们组长常继节家下棋去了。"

"你们下棋下到几点？你什么时候离开常继节家的？"民警边在本上记着边问道。

"到具体几点我也说不准，反正我们下到常继节他老婆开始摆桌子，准备吃晚饭的时候，天都黑了，好像是七点多了。后来他们留我吃饭，但我家里还有剩菜，便自己回去了。"

"回家后做了什么？"

"就直接洗洗睡了，第二天还要上班呢。"

"你说的家里留的那个剩菜是什么菜？"民警埋头写着，忽然轻飘飘来了一句。

"啊？"赵博被这没头没脑的问题弄蒙了，愣了一下道，"哦，等我想下啊，应该是炒土豆丝吧。"

民警在本子上写完最后一个字，然后抬头对赵博笑了一笑道："今天的提问就这些了，谢谢赵同志的配合。如果以后有需要，我们可能还得再麻烦您一趟。"

"应该的，应该的。"赵博连声应着站了起来，客客气气地朝民警点了下头道，"那我这就走了啊。"

从区派出所出来后，赵博看了下手表已经是下午五点了。他慢慢溜达着先去家附近的菜市场逛了一圈，不紧不慢地在每个菜摊上问了价钱，然后又绕回进口第三家的摊子上买了五个西红柿，还有四个鸡蛋，打算晚上回去做西红柿鸡蛋打卤面吃。早上临出门的时候，隔壁的季大妈让赵博帮忙晚上捎点青菜回去，他便又让卖菜的大妈称了一斤青菜。

正在付钱的时候，有一年轻姑娘过来问茄子什么价钱，卖菜的大妈忙边给赵博找零，边招呼着姑娘看自个卖的茄子有多大，多水灵，整个菜场也休想再找出比她家更好的茄子来。姑娘伸着白净的手，在紫靛靛的茄子堆里翻拣了两下，然后有些抱歉地冲卖菜大妈笑了笑，走开了。大妈犹自不甘地对姑娘的背影喊道："哎，姑娘别走啊，称多少？我给你算便宜一点！"

赵博拎着自己的菜，悄悄地跟在那年轻姑娘身后。他潜行在下班后涌入菜场买菜的人流中，始终隔着五六个人的身位，窥视着那姑娘，像一条心怀叵测的鳄鱼，气定神闲地打量着猎物。

这个点在这个菜场买菜，应该是住附近的吧，赵博在心里猜测。姑娘停在一个菜摊前，买了半斤鸡毛菜，又走到一个卖水果的摊子处，挑了四个苹果，之后拎着装了菜的网兜走出了菜场。菜买得这样少，家里没几个人吧，赵博一边琢磨着，一边尾随着那姑娘穿过了马路。

姑娘一路目不斜视，快步走进马路对面一片红砖墙围起来的居民区里。赵博认得这里，是周围一个纺织厂的职工宿舍。他佯装系鞋带，蹲在地上瞄着那姑娘走进一幢外墙写着大大"3"字的筒子楼里。

下次再来这里转转，看那姑娘住哪层楼的，赵博站起身，拎着东西开始往自己家的方向走。喝！瞧瞧她那走路的样子，眼睛朝着天，不可一世，傲得很呢，估计平时看到男人的时候，也是这样狂吧。他不由半眯起眼睛，心头泛起一股恨意，狂什么！下次让她尝点教训，少瞧不起人。

不过那手可真白，他的眼前又浮现出姑娘刚才挑茄子时的情景。一根根又粗又长，紫得透亮的茄子上，一双白藕般粉嫩的小手上下摆动着，好像两只玉蝴蝶在眼前飞舞，那一扇扇的翅膀直戳得他心里痒痒的。

赵博住的是解放前教会中学两层小洋楼改造的筒子楼。刚爬到二楼楼梯口，就听见季大妈那大嗓子喊道："哟，小赵，你可回来了啊，有位客人等你好久了。"

赵博颇感意外，有些不相信地朝自己家门口望去，自己从来都是独来独往，很少有人上家里来。

"看哪儿呢？小赵，你家客人在我这儿坐着呢，都等你有小半个钟头了。要不是我多嘴问一句，人姑娘还不得在你家门口傻站啊？"季大妈一步蹿出房门，上前拉着赵博往她屋子走，"人张同志是政府机关派来的，找你了解情况呢。"

一位二十多岁，身量苗条，穿一套深蓝色工作装，拎着一个黑色公文包，特别白净秀气的姑娘从季大妈屋内走出来道："你好，是赵博，赵同志吧？我叫张芝，是计生委的。"她笑着伸出了右手。

赵博双手都拿着东西，腾不出空，只得回礼似的鞠了一躬道："你好，你好。"

季大妈半有些好笑，半有些埋怨道："你这傻孩子，这东西又没有长腿儿，放在地上不成吗？或是我帮你拿啊。张同志你可别见怪，小赵他虽然看上去傻不愣登的，但他人可好了。"她从赵博手里接过那袋青菜，在张芝面前晃了晃道："这人老了啊，腿脚就不行，爬个楼梯得歇好几口气，幸亏有小赵帮我买个东西捎个菜什么的。"

赵博这时像突然想起了什么："张同志，你说你是哪儿的？我刚才没听清楚，是计生委？"

"对，你没听错，是计生委。不要紧张，只是例行的抽样调查，看优生优育国策的教育普及情况而已。"张芝转向季大妈道："季大妈，谢谢您刚才让我在你家坐会儿，我现在得办正经事了，多谢啊。"

"没事儿，这不举手之劳吗，我们老百姓不都该配合政府办事吗？你们谈正经的，我这就回去了。"季大妈说着拎着那袋青菜往自己家门走去。

张芝对还站在原地，神色有些困惑的赵博道："赵同志，不如我们去你家里说话吧。"

赵博如梦初醒般忙点头应着，他走到右手边第一间屋子，将手里的东西放在地上，然后从裤兜里摸出钥匙，打开了房门，欠身让张芝进去。接着他拉开了电灯，把门口的东西一把抓了起来抱进房内，用脚后跟带上了门。

房间不大，沿墙四面摆了一圈家具后，中间只剩供两个人转身的地方。

"张同志，您请坐，喝茶吗?"赵博把东西堆在房门左手边的一张书桌上，手忙脚乱地要拿桌上的热水瓶去泡茶。

"不用客气了，我不喝茶，我们还是进入正题吧。"张芝站在日光灯下，惨白的灯光倾泻在她五官突出的脸上，勾勒得棱角分明，有一种说不出的神秘感，"之前有外人不便细说，我觉得有必要再重新介绍下我自己，我叫张芝，是计划外生命委员会的，简称计生委。"

赵博慢慢停下了手里的动作，他看向张芝，有些不可置信道："什么？你说什么计划外生命？"

"通俗一点说就是具有特异功能的人，"张芝看着赵博笑了一笑道，"比如像你，赵同志。"

"这是开什么玩笑？我根本不知道你在说什么！你到底是什么人？"赵博板起面孔，有些恼怒道。

张芝从衣服口袋里掏出一张套着红色塑料封皮的证件，在赵博眼前亮了亮道："这下相信我说的了吧？"

赵博看清楚了证件上国安局的字样，以及如假包换的大钢印，但眉头却皱得更紧了："好吧，张同志，就算你真的是这个计划外生命委员会的人，但我只是一名普通老百姓，真不是你说的会有啥特异功能的人。"

"是吗？但有人向我们举报，你其实具有回到过去的能力，能重回到不久前发生过的时空里。"张芝从公文包里抽出一个牛皮纸大信封，对着赵博扬了扬道，"那人还给我们寄了证明材料，要不然我们也不可能找到你。"

赵博紧咬嘴唇，仍不松口道："这人是在造谣，我要是有这种超能力，还会窝在这里抄电表吗？到底是谁说这些不负责任的话？"

张芝意味深长地看着赵博道："你窝在这里抄电表的目的，我确实不知道。但我可以回答你第二个问题，举报你有特异功能的人叫傅建军，他是你的同事，我想你们应该认识的吧。"

不出张芝所料，赵博的脸色瞬间变得很难看。

乔任看了眼左手腕上的手表，对张芝道："现在是下午四点半，如果你的推测没有错的话，很快那个人就会出现了。"

张芝望着不远处拐角上的两层斜顶砖楼，那栋长长狭狭，每层隔了七八个小间的建筑物，如准备伏击的巨兽，好整以暇地静待着猎物上钩。她深吸了一口气道："估计派出所那里已经结束了，我等下就往他家的方向走，你掩护我。"

"知道了，别那么紧张。那个人的目标是你包里的信封，又不是你。况且就算目标是你，也不会明目张胆在大街上做出什么过分的事来。"乔任笑了笑，打趣道。

张芝斜了一眼乔任道："我现在知道为什么其他人不愿意跟你出任务了，老是被你看清心里的想法，这种感觉不太舒服。"

乔任很无奈地扁了扁嘴道："我根本都还没用到超能力呢，是你整张脸上，都清楚明白地写着'我很紧张'这四个字。"

张芝冲他摆了摆手，然后径直朝那两层小楼的方向走去。乔任乖觉地闭上了嘴，在原地等了会儿，便跟在张芝身后也往那走去。

这附近都是周围工厂建的职工宿舍，现在还没到下班的时间，路上的行人寥寥无几，间或有两三个放学的孩子，嬉闹着从路上跑过。张芝边走边悄悄留神周围的环境，她心里不禁觉得有点好笑，自己刚才确实是有点风声鹤唳了。这次的诱饵是公文包里的东西，又不是自己，根本不用那么紧张，充其量也就是抓个小偷或强盗而已。

正想到这儿，张芝忽然听到身后有人疾步逼近的声音。她心中一动，照旧往前走，拎着公文包的手却在暗暗攒劲，并用眼角的余光瞟身后的动向。她瞥到一个穿着灰色两用衫的人，迅速从身后靠近她左手拎包处。突然之间，一股大力从指间袭来，张芝敏捷地左手一拽，右手趁势上前，劈在想要抢包逃跑的那人后背上。一直跟在后面的乔任这时也跑了过来，一脚踢向那人膝窝处，迫使他跪了下来，然后帮助张芝钳住他的双手。

张芝厉声道："你现在还不承认自己有特异功能吗，赵博同志？"

跪在地上的赵博扭回头，满脸狰狞道："你骗我？你这个贱女人，居然骗我！这根本就是一个局。"

"这本来就是一个局。"张芝看着坐在审讯室另一头，戴着手铐、被长长的脚链拴在窗口铁条上的赵博，冷冷道，"根本就没有什么傅建军的举报信，这是一个激将法，如果你没有重回过去时空的超能力，并且心里没有鬼的话，就不会回到我见你之前，来抢那所谓的举报信了。说吧，老实交代你是怎么杀了那叫周婷的姑娘，还有你的同事傅建军的。"

自打街上被抓时骂了张芝那句话，赵博这一路上，到被关进审讯室里都没有再出过一声。面对张芝的质问，他头也不抬，只顾低头玩弄腕上的手铐。

坐在张芝身旁的乔任轻笑一声道："我劝你就不要再动脑筋想回到之前的时间逃脱追捕了。你很清楚你的能力只能回到刚刚发生的过去，并且时空的修改只能有一次。换句话说，这就像张单程票，已经回去过的时空便再也回不去了，要不然你的母亲就不会死了。"

听到最后一句话，赵博猛地抬起头，狠狠地瞪着乔任："你……你怎么会知道？"

"我想在另一个时空中的我应该告诉过你，我们是计划外生命委员会的，具有特异功能的并不只有你一人。"张芝补充道，"虽然我不清楚你是如何用你的超能力的，但是被绑定在这个时空后，我想你的物理身体应该不能再进行时空穿行了吧。所以不要再做无谓的抵抗了，你现在只有一条出路，那就是坦白自己的罪行。"

赵博用脚轻轻踢了踢自己坐的凳腿，脚链撞击水泥地面发出清脆的"叮咚"声，他轻哼一声，慢慢开口道："我本来还以为我是这个世界上唯一一个有这种异于常人能力的人。有时候看着周围那些普通人，觉得他们很可笑，也很可悲。他们自以为有多了不起呢，看不起这个，看不起那个，挖空心思去占便宜。他们根本就不知道什么叫强大，什么样的人才算强者。"

赵博朝乔任抬了下下巴道："你也有这样的感受吧？那些不堪一击的凡人，自以为是的在你面前作威作福。"

"我可不像你这么变态，从没这么想过。"乔任双手抱胸，身体向后坐靠在椅背上。

"尤其是那些女人，假模假样，外表装得多清高，骨子里不知有多贱。"赵博自顾自继续说下去，语气里是掩饰不了的恨意，"就像周婷，看上去清清秀秀，斯斯文文的，下班后竟然去勾搭男人，太贱了。她有时看到我，连眼皮都不抬一下，却去跟别的男人搂搂抱抱。"

"这就是你奸杀周婷的原因吗？你所说的这个男人，应该是周婷正在谈的对象，他们的关系可没你讲的这么龌龊。"一直在做笔记的张芝，这时忍不住插嘴道。

"女人都是这个贱样。"赵博淡漠地看了眼张芝，轻蔑地嗤了一声，"我本来就是想给那女人一个教训，不要以后再在我面前摆出那种高高在上的样子，谁知道她一直在动，很不听话。我就稍微用了点力气，她人就这么死了，我早说过这些凡人根本不知道什么叫强者。"

"杀死周婷之后，你就用自己的超能力回到案发前，故意出现在其他的地方制造不在场证明吗？换句话说，在那个时间段里其实有两个你，在不同的地方做着不同的事情？"张芝努力控制住内心的嫌恶，保持语调冷静地问道。

"还用说吗？不是很明显的事情？只要提前申请在那个

时段去别的地区抄表就可以了，只要不同时出现在同一地点就可以了。"

"那你杀死傅建军也是用的这个方法吗？提前约好去你组长常继节家下棋，故意制造不在场证明？"张芝紧跟着发问道。

赵博忽然脸上露出好奇的神色，不答反问道："你们到底是怎么怀疑上我的呢？我的超能力从没有出错的时候。"

"你只是有一种超过常人的能力而已，又不是神仙，做过的事情总会留下痕迹，人也总要对自己犯的罪负责。"很久没有说话的乔任突然叹了一口气道。

赵博面露得色，不屑道："我自己的能力我知道，是不会出错的。"

"你的能力是没有问题，但你漏算了一样东西。"张芝死死盯着赵博道，"那就是天网恢恢，疏而不漏的正义。你跟你的组长常继节过去一向没有往来，偏偏那天你主动提出要去他家里下棋，连常继节自己都觉得很奇怪。"

"这算什么？过去没有交往，难道就应该一直不交往吗？凡事都有第一次。"赵博不服气道。

"还有第二个疑点，那就是你身上的咸鱼味儿。"

"什么？咸鱼？"赵博不解地问道。

"对，就是咸鱼。案发时，傅建军在家里炒咸鱼，那东西味道很重，后来公安的同志勘查现场时，都还能闻到。据常继节老婆的供词，你准备回家的时候，她闻到你身上有一股很明显的咸鱼味儿，而奇怪的是你刚到他们家的时候却还没有这味道。你跟常继节下棋的过程中去过一次厕所，应该就是那个时候，你利用超能力穿越时间，回到下班的时候，然后去傅建军家作案的吧。"张芝冷静地剥丝抽茧。

"笑话，难道我自己家里不能吃咸鱼吗？"赵博兀自嘴硬道。

"你不要忘了，你亲口跟民警说，那天晚上回去吃的剩菜是炒土豆丝。"张芝略带嘲讽地看着赵博，不期然感受到一种围追堵截的快感，"如果说这两个疑点还只是围绕傅建军被害案的话，那这第三个疑点则把一直没有头绪的周婷遇害案联系了起来。"

张芝停了下来，对乔任使了个眼色，后者会意地摘下左手的手表交给她。

"我们在傅建军和周婷的遇害处，以及常继节家里都发现了时针和分针异常扭曲变形的钟表。这让我们相信杀害傅建军和周婷的是同一个人，更重要的是，这个人还出现在常继节家里过。"张芝拿起乔任的手表，将表盘正对赵博道，"这是刚才我们诱捕你时，我同事佩戴的手表。我想你从来没有留意过，每次你使用超能力，想欺骗时间的时候，都会引起钟表的异常扭曲，这估计是时空的错位和变形造成的。"

上海牌手表的表盘里，时针和分针如两条银色的小蛇，翻腾缠绕在一起。看到这个，赵博整个人如泄了气一般，瘫坐在椅子上。

"你确实很狡猾，要不是我们大胆猜测，并用计证明了你的超能力，估计你会一直逍遥法外，可能过不了多久，就会出现下一个受害者。"张芝把手表还给了乔任，语气沉重道。

赵博喃喃低语道："其实我本来并不想杀傅建军的，但他不知怎么回事，老是讲我不正经，爱盯着姑娘看，还明里暗里地暗示我喜欢跟踪那死掉的周婷。我并不是怕他去揭发我，反正我有不在场证明，但我就是觉得太烦了，老实人也会有脾气的啊，便想好好教训他一顿，让他不要乱讲话。"

"既然你已经承认罪行了，那接下来就会得到应有的审判。"张芝不耐烦听他的辩解，合上做的笔录，冷冰冰道。

"这都不是我的错，都是那个女人，还有那个碎嘴傅建军的错，都是他们逼我的。我本来是一个好人，不信你问问我单位里的领导、同事，还有我的邻居季大妈去。"赵博摇着头嘴里仍念道。

乔任冷不丁问道："那你的母亲也是被你杀死的吗？"

赵博渐渐睁大了眼睛，鄙夷道："别跟我提那个贱女人，她不配做我的母亲。我爸爸死了没多久，她就开始在外面招三惹四，还带那些男人回家来……脏……她死了倒是干净。"

"事实真的是这样的吗？还是你自己幻想出这个剧情来让自己好受一点？"乔任紧盯着赵博，似要看穿他的身体一样，"你父亲死后，你母亲独自一人，虽然很辛苦，但仍把你照顾得很好，但你老是担心你母亲会改嫁，看到她跟其他男人说话，就觉得她不正经。有一个在厂里开运输车的工人，有段时间跟你母亲走得很近，下班后常来找她谈事情，你怕得要死，又恨得要死。于是你利用超能力偷偷去那工人的厂里，把他的车的刹车弄失灵了。但你没想到的是，你母亲也去坐他的车，最后双双遇难。事后你曾想再回去，阻止你母亲去坐那车，但被修改过的时空是不能再回去的。为了减轻心里的负罪感，你便想象出自己母亲不守妇道的情景来。"

乔任每说一句，赵博脸上便会现出一分痛苦的神色，他挣扎着喊道："别再说了，事实不是你说的那样，我母亲就是水性杨花，就是。"

"这样就觉得痛苦了吗？那些被你杀掉的无辜的人，还有他们仍活在世上的亲人，都曾经承受过，或未来每天都将承受比这多得多的痛苦。"乔任一字一句缓慢地说道，"愿你的余生都活在痛苦之中，这才是对那些受害者最公正的补偿。"

等民警把面如死灰的赵博拖出审讯室后，张芝看了一眼乔任，眼睛眨了眨道："老实讲，你最后讲了那大段关于赵博母亲的话后，是不是偷偷做了什么手脚？怎么赵博一下子就情绪失控了呢?"

乔任笑了笑道:"大家都说你的直觉很准,看来确实不假,我都要怀疑是不是你也有特异功能了呢。我只是在赵博的脑海里放大了他母亲对他的爱而已,可没做什么伤天害理的事情。"

"这还不够啊,赵博以后确实是要每天生活在痛苦中了,本来他母亲的死便是他的心病。不过话说回来,这些都是他咎由自取,自作自受。"张芝感叹道。

"不过,我读赵博记忆的时候,发现一个问题,"乔任微微皱起了眉头:"赵博的记忆中明显有一个断层,好像他十多岁的记忆被硬生生截去了一段,然后又胡乱拼接了起来。"

张芝想了想,望着乔任道:"这么看来,在我们之前就已经有另一个具有特异功能的人接触过赵博,并抹去了赵博关于自己的相应记忆。只是不知道那个人这么做的目的是什么,我有一种不太好的预感。"

"既然那人抹去了自己存在的痕迹,那就是不想让人知道,我们就顺水推舟也当作不知情好了。"乔任漫不经心地讲着,眼睛看着审讯室里唯一一扇装着铁栅栏的窗户,屋外的蓝天、房舍被铁条隔成一排排细长块状,还有人声、自行车车铃声遥遥地传进来。

过了许久,他轻声道:"很多时候拥有特异功能并不是一种荣耀,反而是一种诅咒。"

明治四十年的线香 / 毛飞

异国的故人

公历 1907 年，是中国的光绪三十三年、日本的明治四十年，也是我到日本留学的第二个年头。

我叫王金榜，这个略显俗气且含义露骨的名字寄托着家人的殷切期望——祖上几辈不是刀笔小吏，就是门馆先生，寒窗之苦从未换来过半点功名。我自幼苦读圣贤之书，八股文做得花团锦簇一般，刚考上秀才，朝廷一道圣旨，自光绪三十二年起，乡试会试一律停止，各省的岁科考试亦即停止。绵延千年的科举制度就此终结。

科举登龙之路已断，我一时不知所措。族中有见识者告诉家父，庚子之变后，朝中洋务派又占了上风，张之洞、袁世凯等受太后宠信的重臣都主张"西学东渐"，官府急需懂洋务的人才，我年纪尚轻，正好出洋留学，学成归国后报效朝廷，也不失为光耀门庭的一条佳径。

于是，几经周折，我成为大清官派留学生的一员，漂洋过海来到日本东京，进入法政大学预科学习，住在神田川御茶之水桥附近的下宿"伏越馆"。

下宿是一种按月交钱的旅馆，比按日结账的旅店便宜得多。伏越馆算是中下等的下宿，上下两层楼，不到十间房。经营伏越馆的是不到三十岁的佐藤琉璃，住客和街坊平时称呼她佐藤夫人。不过，搬进来的头一年，我压根没见过佐藤先生。除她之外，还有一个叫美佳子的下女，据说是佐藤夫人的亲戚。伏越馆的日本人只有她们两个，住客清一色是中国留学生。

回想起来，我初到伏越馆，见到的第一个人是美佳子，当时她似乎只有十六岁。时值八月，天气炎热，美佳子穿着褐色条纹的和服，挽着袖子，赤着双脚，裸着的手臂和半截小腿肌肉紧实。她毫不费力就把大包小包的行李搬进房间，又为我拿来下宿统一配给的被褥和茶具。

或许是因为经常风吹日晒，美佳子的脸色略显黝黑，双颊透着健康的红润，额头上挂着亮晶晶的汗滴。她始终带着活泼的笑容，嘴里连珠炮似的说个不停。可惜，那时的我对日语几乎一窍不通，完全不知道她在说什么。

她的相貌并不出众，但我有些心神荡漾。这样浑身充盈着饱满青春活力的姑娘，是我二十五年生命中从未见过的。在她面前，那些裹着小脚的所谓大家闺秀霎时间黯然失色。

我的房间是伏越馆二楼的七号房。经人引见，我很快见到了佐藤夫人，她也住在二楼，房间就在七号房对面。佐藤夫人是个典型的日本美女，仿佛是浮世绘美人画的现实翻版。那天，她身着浅粉色的和服，面容清丽端庄，声音婉转动听。她当时和我说了些什么，我已经忘了——大约是些客套话，只是记得房间里弥漫着淡淡的香味。房间一角有一个精致的神龛，正燃着线香。房间不大，我的视力一向很好，清楚地看见神龛里摆着三面小巧的灵牌，上面刻着汉字，依稀有"佐藤"字样，供奉的应该是佐藤夫人的先人。

我还记得，那线香的香气清幽甜润，没有烟火气，煞是好闻。

住在伏越馆，一个月交十元钱，包括一日三餐的伙食费。佐藤夫人兼做主厨，早餐供应饭团和面包，午餐、晚餐是米饭加配菜，菜的样式不多，除了鱼肉，很少见到荤腥。佐藤夫人的厨艺不错，我时常觉得，伏越馆的饭菜和老家的饮食有许多相似之处，味噌汤与干菜汤、金山寺味噌与豆瓣酱、牛蒡独活与干芦笋、盐鲑与勒鲞，仿佛是失散多年的手足。相近的食材，又经过佐藤夫人的巧手调和，散发出了熟悉的故乡滋味，很合我的胃口。

官派留学生的日子轻松、闲适。上面管得十分宽松，只要按时报告在什么地方读书，便可领到一个月四十元的留学经费。至于是不是真的在校学习，根本无人查证。

法政大学预科的功课并不难，只要过了日语关，对于中国留学生来说，应付考试不在话下，上不上课无关紧要。时日一久，我也难免染上了偷懒、逃课的恶习。不过，其他学校未必都是如此。伏越馆中的多数中国留学生在铁道学校上课，工程、机械课程不好糊弄，他们全都早出晚归，一堂课也不敢落下。

七号房隔壁是八号房，住的是来自浙江会稽的周姓兄弟。哥哥字豫才，似乎没有进学校，整天在外奔波，不知忙些什么。弟弟名叫启明，刚来日本不久，和我同在法政大学读预科，平时不怎么上课，也很少出门，老是躲在房间里看书。他搞到的书五花八门，尤以日本及欧洲诸国的文学书籍最多。起初，为了消磨时间，我曾向他借过几本书，但我实在缺少欣赏外国文学的情趣，全部半途而废，没有一本顺利读完，后来也就不再借了。

这种轻松、闲适的生活只维持了一年。从第二年七月开始，我的周遭变得鼓噪起来。

首先是隔壁越来越热闹了。周氏兄弟突然多了许多访客，一波又一波操着江南口音的客人纷至沓来，他俩有些应接不暇。因为他们喜欢留客人一起吃饭，佐藤夫人经常要临时增加午餐和晚餐的分量，忙得不亦乐乎，美佳子有时还要被使唤去附近的酒馆沽酒。这帮人在屋里很不安分，时而大声争论，时而击节而歌，闹到很晚方才散去。我和他们只有一墙之隔，经常被吵得难以入睡，失眠的老毛病又犯了。

其次，佐藤先生终于现身了。八月的一个傍晚，一个身材瘦削、獐头鼠目的男人出现在伏越馆，大呼小叫地把佐藤夫人叫出来，当众一把搂在怀里，一起上楼进了卧室。美佳子躲在一边，一脸厌恶地盯着他，气鼓鼓地一声不吭。后来，她告诉我们，这个男人就是佐藤先生，他原来叫作铃木平助，是佐藤家的入赘女婿。佐藤平助好吃懒做，还喜欢拈花惹草，结婚不久后，便卷了佐藤夫人家一大笔钱，和别的女人跑了，七八年一直没有音讯。看来，他已经把偷走的钱财挥霍一空，身边的女人想必也已另觅高枝，他只好又回来祸害原配。这家伙是一个十足的混账，总是醉醺醺地到处乱撞，经常和夫人大吵大嚷，对美佳子动手动脚，甚至还没事找住客的麻烦，有两个留学生不堪其扰，没几天便另找住处搬走了。

第三，九月，我多了一个整天唠唠叨叨的室友。

王乐天是我的同族远房亲戚，小我一岁，却比我早来日本两年。他已经剪掉了辫子，一身和服装束，日语说得极为流利，和日本人几乎没有两样。头一回在伏越馆见面时，我差点没认出他来。

他是来避祸的。到日本的这两年，这小子没有正经读书，整天和一群主张"驱满复汉"的革命党人混在一起，结果被暗探盯上，险些被抓了驱逐回国。他们的地下机关刚遭破获，原来的住处他不敢再回，得知我也在日本留学，便赶来东京投奔，准备先在我这里躲一阵，待风头过去再做打算。

我们是孩提时代的玩伴。乐天从小就不安分，一贯机灵顽皮、捣鬼有术，和循规蹈矩的我恰好形成鲜明对比，长辈们大多喜欢我，他则在同龄人中左右逢源。那时，看到他被左邻右舍的孩子众星捧月一般包围，我心里常有七分羡慕、三分嫉妒。

既有交情，又是亲戚，我没有理由不收留他。乐天主动提出和我分担房租，我也乐得如此。毕竟，每月十元的住宿费是一笔不小的开支，我一个人住六叠大的房间也确实奢侈了一些。

但是，从此以后，最后一方宁谧的净土也沦陷了。乐天平时不大出门，在屋里耐不住寂寞，总缠着我聊天。他是个极健谈的人，一时半刻不说话仿佛会要了他的命，我作为唯一的听众，实在苦不堪言。

他先是传道般地对我大讲特讲"驱除鞑虏""建立民国"的道理，以及参加革命党人活动的种种惊险经历。他还神秘兮兮地掏出一张照片给我看，照片上是一个三十岁左右、长相略显凶恶的光头男子。据他说，这是朝廷买通黑龙会，派来专门暗杀革命党人的黑道杀手，让我在外边多加留意，万一发现此人，务必及时告知他。

我对革命的话题实在提不起兴趣。时日一久，他也发现我全然没有入伙的可能，便换了一个新题目——日本的妖魔鬼怪。

"你也是读过孔孟圣贤之书的，难道没听过'六合之外存而不论'的古训吗？"不胜其扰的我试图摆出兄长的架势。

"圣人只是不论鬼神，可从未说过世上没有鬼神。"我打错了算盘，他只要打开了话匣子，绝没有轻易关上的可能。

"欧洲诸国科技昌明，西洋人还不是一样信仰上帝？很多科学家都是虔诚的基督徒。况且，世界广阔，宇宙浩渺，科学不能解释的种种奇谈怪象层出不穷，谁敢断言一定没有鬼神存在？"

接下来，我只有洗耳恭听的份了。

"日本是个有意思的国家，妖怪传说纷繁芜杂、形形色色，有名有姓、有来头的妖怪据说有五六百种之多。有人认为，这是因为日本国土狭小，又四面环海，台风、海啸、地震灾难频繁，国民因恐惧心理滋生出了神秘主义的思想倾向，创造出众多精奇古怪的传说……

"日本的妖怪虽多，但很多不是本土产物，不少是咱们中国妖怪传说的翻版和变种。什么魑魅魍魉、穷奇、魃，都是《山海经》里提到过的。著名的七福神里面，只有惠比寿算是日本土产的，其他六个要么来自中国，要么源自印度。还有河童，原型就是中国的水鬼……

"不过，日本的妖怪故事奇幻多彩、光怪陆离，读来别有一番奇趣，有些奇思妙想不输《聊斋志异》。而且，日本的妖怪图鉴细腻精致，可与咱们的《三才图会》媲美。你真该好好看看鸟山石燕的《画图百鬼夜行》《百器徒然袋》，还有小泉八云的书……"

他仿佛是专门研究日本文化和民俗学的教授，面对我这个唯一的学生，毫无保留地倾囊相授。在结束了关于日本妖怪起源和特点的长篇大论之后，他又开始逐一介绍每个妖怪的来龙去脉，如数家珍，不厌其烦，越说兴致越高涨。

"很多妖怪可能就和我们生活在同一个屋檐下，除了个别穷凶极恶的，一般不会危害我们的性命。比如，'鸣屋'住在古旧房屋的地板下，它们作起怪来，至多不过是让门窗无缘无故响几声。'天井尝'躲在阴湿不见阳光的天花板上，喜欢伸出长舌头舔墙壁，一般也不出来害人。你说，伏越馆里有没有可能就住着'天井尝'呢？壁橱顶上不是有块木板可以卸下来吗？上面就是顶阁吧。咱们哪天爬上去看看，说不定能找到长舌头的'天井尝'。"

伏越馆是木质为主的建筑，每个房间虽有墙壁隔开，天花板之上的顶阁却是连在一起的，因为铺设电线、安装电灯的需要，二楼房间壁橱的顶上预留了通向顶阁的入口。但是，爬到天花板上找妖怪这种荒唐事，谁能做得出来呢？

"'垢尝'也挺有意思，这家伙趁着夜深人静，潜入浴室，专爱舔食人们洗澡留下的污垢，浴室越脏它越爱舔，它越舔浴室就越脏。万一被人发现，它会放个屁逃掉，和黄鼠狼'屁遁'一样……"

　　他正绘声绘色地说着浴室里的"垢尝"，门外响起了美佳子的声音，她是来请我去浴室洗澡的。

　　伏越馆有一个浴室，住客不必去街上的公共澡堂。日本仿照西洋做法，以七日为一周（分别为月曜日、火曜日、水曜日、木曜日、金曜日、土曜日、日曜日，即西洋的礼拜一至礼拜天），浴室一周开放三次（月曜日、水曜日、金曜日）。浴室狭小，一次只能容纳一人洗澡。馆内有个不成文的规矩，按住客入住的时日长短，依次去浴室洗澡。负责按顺序请住客入浴的是美佳子。我在伏越馆只住了一年，排名靠后，待我洗澡时，浴室已经不大干净了。不过，乐天更倒霉，因为是刚住进来，只能最后一个使用浴室。他曾觍着脸请美佳子通融，可对方总是先鞠躬道歉，然后一脸认真地说："对不起，请您遵守大家定下的规矩，否则会给其他客人添麻烦的！"

　　走进浴室，看着满是水渍的澡盆和地板，我突然想到了"垢尝"——它是不是正躲在黑漆漆的角落，咽着口水，等待品尝我搓下的污垢？

　　还没脱衣服，我已经觉得身体微微有些发寒。

　　洗完澡，我喝了一杯牛奶便躺下了——这是乐天介绍的催眠良方，据说在西洋很流行。这洋法子真的有些用处，我很快便忘却了白日里的种种喧嚣，嘈杂的隔壁、整天骂骂咧咧的佐藤以及神神道道的室友，沉入了美妙的梦乡。

睡眠有很大改善，睁眼时，天已大亮，乐天也不在，房间里只有我一个人。

我觉得后脑勺有些不大对劲，脑袋下的枕头不见了，坐起来一看，那枕头垫在我的脚下。

真奇怪，这是怎么回事？枕头什么时候挪了地方？我依稀记起，那小子似乎给我讲过——

"还有一种叫'反枕'的妖怪，趁人熟睡的时候，把枕头由脑袋下调换到脚下。据说，调换的次数多了，人的灵魂会被慢慢夺走。遇到'反枕'，多半要遭遇凶险……"

遇上"反枕"后的第二天，我们果然遭遇了前所未有的凶险局面。

来访的杀手

一年的预科已经结束了，法政大学的课程渐渐紧张起来。我同铁道学校的几位仁兄一样，开始了早出晚归的生活。那天清晨，我一边嚼着下宿供应的冷饭团，一边往门外走。刚出伏越馆大门，我发现，从不远处的御茶之水桥走过来了一个人。

我的视力很好，在稀薄的晨雾中，这个人的面孔越来越清晰，那是一个三十岁左右、面相略显凶恶的光头男子。不久前，乐天给我看过他的照片，还特意告诉我，那个人是黑龙会的杀手。

光头男子正向我走来。我感到头皮发麻，两腿发软。

难道他已经探知乐天住在此地？他是来杀乐天的吗？我会受到牵连吗？他认识我吗？会连我一起杀掉吗？我现在要逃吗？一瞬间，我的脑子里塞满了无数个问题。还没来得及思考，光头男子已到了眼前。

他显然对我没什么兴趣，面无表情地从我身旁经过，迈进了伏越馆的大门。

我缓过神来。他不认识我，但目标肯定是住在伏越馆里的人，乐天多半要倒霉了。我该怎么做？大声叫乐天快逃？冲进去救人？还是到御茶之水桥边的派出所报警？

又是一连串的问题，搅得我头晕目眩。结果，我什么也没做。

"请问您找谁？"这是美佳子的声音。

"我找八号房的客人，是约好了的。"光头男子答道。

怎么是八号房？那是周氏兄弟的房间。

"请跟我来。"美佳子礼貌地领着光头男子上楼。

莫非要倒霉的是周氏兄弟？我暗自松了口气，随即心头又是一阵紧张。我的房间在周氏兄弟隔壁，乐天正在屋里睡觉，万一不小心被对方发现，还是会惹来杀身之祸，搞不好也会连累到我。

思来想去，还是要回去报个信。我壮着胆子返回伏越馆。光头男子已上了二楼，我躲在楼梯口，踟蹰着不敢上去。这时，美佳子走了下来，我小声问她："刚才有客人去八号房吗？"

"对啊，我领客人进去的，好像是周先生他们的朋友。您有什么事吗？"美佳子有点诧异地看着我。

"没事没事。"我连忙摆手，匆匆上楼，轻手轻脚地拉开自己的房门。隐约听见隔壁有人说话，好像还有笑声，难道光头男子真是周氏兄弟的朋友？

我拍醒了呼呼大睡的乐天，压低声音说："快起来，杀手来了。"

"什么杀手？"这小子睡眼惺忪，还在发蒙。

"黑龙会的杀手，朝廷雇来要你们命的杀手！你不是给我看过他的照片吗？"

"啊……他在哪里？"

"小声一点！那个人现在就在隔壁！"

乐天的眼睛突然放出光来，非但毫无惧色，而且显得十分兴奋。他一跃而起，先是把耳朵贴在墙上，似乎想听隔壁的动静。可惜，毕竟有墙壁阻隔，对方说话听不真切。

"你果真看清楚了？确定就是照片上的那个人？"他的声音有些发颤，但听不出有害怕的意思。

"千真万确，我不会认错的。他好像还不知道你在这里，你现在千万别出去。"

"不用怕，我自有主张。"乐天换上了常穿的黑色和服，又拿出一顶硕大的帽子戴在头上，帽檐压到了眉梢。

"你想干什么？"

"当然是出去啦。"

"你不要命了！"

"放心，我一时半会死不了。"见我吓得半死，他居然笑出了声。

乐天将房门拉开一条缝，确认光头男子还在隔壁，这才快步走了出去。我很快就听到楼梯作响，他下楼去了。

他出去干什么？我想不明白。

几分钟后，我听见隔壁的房门开了，有人走出来。

"不必送了。"这是光头男子的声音，说的竟是中国话。接着，又是一阵楼梯响，他也下楼去了。

黑龙会的杀手为什么会说中国话？

我呆坐了片刻，有点恍如隔世的感觉。无论如何，今天的课还是要去上。而且，外面应该比伏越馆里安全。

我又走出了伏越馆。光头男子不知去向，乐天却出现在街对面的饭铺"和田屋"门口。原来，他刚才躲在饭铺里。

"幸好和田屋开张早，既能藏身，又刚好能看到伏越馆的大门。"他笑嘻嘻地走了过来。

这条街上住了不少东京港的装卸工人，天不亮就要赶着上工，他们都习惯在和田屋吃早饭。和田屋的老板是远近出了名的勤快人，每天不到凌晨五点就起来准备食材，饭铺迎着清早第一缕阳光开张。

"你跑出来，就是为了看那个人一眼？"我问道。

"如果不亲眼看到，怎么能确定呢？"乐天一脸理所当然的表情。

"虽然不知道他来伏越馆做什么，但这里显然已经不安全了。你有什么打算？"

"不用杞人忧天，这里还很安全。你就放心地去法政大学吧。"他没有回伏越馆，在街边叫了一辆人力车，乘车不知向何处去了。

他这是去哪里？是去找其他的革命党人吗？伏越馆真的还安全吗？

我心里七上八下，一天都在惴惴不安中度过，稀里糊涂地听完课，傍晚时分回到伏越馆。上了二楼，八号房的门正虚掩着，里面传来鼓噪的谈笑声。

声音耳熟得很，大声说笑的是乐天。

"周家两兄弟都是有才的人，可惜今天哥哥不在，我和弟弟聊了半天。"晚饭过后，乐天才意犹未尽地从八号房回来，"启明先生对日本文学和风俗很有见地，谈得实在有趣。真该早点结识他。"

"你主动找他们，是因为早上的事吧？"

“不错。他们居然认识黑龙会的杀手，你不觉得好奇吗？”

我认识周氏兄弟差不多一年了，虽和哥哥相交不深，但同弟弟还算熟悉，他们都是手无缚鸡之力的文弱书生，实在不像是和黑道有交往的人。

“你打探出什么没有？”

“他们同那人相识，应该只是偶然。他们和日本黑道没什么关系，只是普通的留学生。”乐天轻描淡写地说道。

“虽然如此，你住在这里终究不安全。万一那个杀手再来伏越馆，或是周氏兄弟无意中向他提到你，你还是会有性命之忧。”

“我打探清楚了，短时间内那人不会再来。最危险的地方往往也最安全，这就是‘灯下黑’，正好方便我藏身。”

“可是……”

“放心，我不会连累你。其实，我已经找好其他落脚地，很快就搬走了。”乐天看出了我的小算盘。

我一时语塞，虽然真心盼他早点搬走，但终究不好说出口。

“王先生，您可以去浴室了。”今晚浴室开放，美佳子按顺序来请我去洗澡，打破了这尴尬的局面。

日本人酷爱洗澡，中国人对此道却没多大热情。现在已至十月，天气渐凉，伏越馆的浴室四壁透风，在那里洗澡并不很舒服。我告诉美佳子，今晚不用浴室，请她继续通知其他住客。

"美佳子妹妹，既然这位王先生不去洗，我也是王先生，我替他去好不好？"乐天嬉皮笑脸地凑了过去。

"对不起，如果不按照顺序，对其他客人是不公平的。请您耐心等待。"美佳子依旧礼貌地鞠躬，认真地拒绝。

目送美佳子的背影消失，乐天轻轻叹了口气，道："日本女人真的很有意思。"

"今晚不谈妖魔鬼怪，改谈日本女人了？"

"和一个书呆子谈女人？那是多无趣的事情。"他夸张地摇摇头，但照旧打开了滔滔不绝的话匣子。

"要谈到日本女人，还是隔壁启明先生看得透彻。他说，我们看日本女人，往往只见到她们的温柔贤惠、体贴细致、适合娶来当老婆，却不知道她们也有强悍坚韧、刚毅果决、巾帼不让须眉的一面。你看佐藤夫人，一个女流之辈，把伏越馆打理得井井有条。还有美佳子，小小的个子，但体力完全不输于男子，客人那么多行李，她一个人能从门口搬到楼上。这样的女人着实可爱！可咱们呢？中国女人还在缠足，以弱柳扶风的病态为美，真是不幸！"

我的脑子里又浮现出美佳子的身影，心头升起一种无法言明的异样感觉。

"这恐怕是盛唐文化在日本的余韵。中华文明极盛之时，日本潜心学习中国文化，方得以脱离蛮荒。宋元以降，礼法一日严过一日，大清入关之后更是变本加厉，中国人被束缚得哪还有什么生气？男人尚且一个个如同土牛木马，更何况女人？"

"你是想娶个日本老婆吗？"我插嘴道，打断了他越来越慷慨激昂的陈词。

"隔壁的启明先生倒是很想娶日本女人。至于我，还没有完全想好。"

"你刚才不是说日本女人可爱吗？"

"启明先生还告诉我，以前武士的女眷有一项重要任务。"他露出了一丝诡异的笑容，"武士砍下敌人的首级之后，要呈送给自己的主公检视，呈送之前，武士的妻子要负责清洗和装扮那些人头。她们把那些血淋淋的人头温柔地放在木盆里，仔细地用热水清洗干净，然后放在木板上，细心地梳好头发，扎好发髻，有时还要搽点香油。她们甚至会为人头搽脂抹粉，以恢复死者生前的风貌和血气。在她们的精心装扮下，那些令人恐惧的人头仿佛成了献给神佛的上好供奉。"

他娓娓道来，我听得毛骨悚然。

"这种可怕的事情，日本女人不仅会做，而且能够把它变成一门精巧的艺术。她们真是一种令人捉摸不透的生物。"

乐天似乎累了，准备偃旗息鼓，美佳子又出现了，这次是请他去浴室。

"怎么这么快就轮到我了？"

"前面的几位客人都说今晚不用浴室。"

懒得洗澡的不止我一个。

"我可要好好洗个澡，今天真是累坏了。"

美佳子躬身退了出去。乐天换了浴衣，拿着毛巾、肥皂正要出门，楼道里传来美佳子一声尖叫，紧接着是一阵嘈杂，还有佐藤平助破锣似的嗓音。

"害什么羞……能陪主人睡一觉……也是你们这些下人的荣耀……"

乐天拉开门，佐藤平助不知道从哪里钻了出来，一身浓重的酒气，正搂着奋力挣扎的美佳子。

"美佳子长大了，力气变大好多啊……你这个样子，早就不是处女了吧……"

佐藤平助猥琐地嬉笑着，想把美佳子拽进自己的房间。美佳子拼命抵抗，发髻几乎散开，脸羞得通红。

我怒从心头起，正准备管这个"闲事"，乐天已经一个箭步冲了过去，一把扭住那家伙的胳膊，将他重重摔倒在地。美佳子顿时获得了自由。

佐藤平助哪能善罢甘休？他瞪着醉眼，嘴里含混地叫骂着，和乐天厮打起来。这个醉鬼明显不是乐天的对手，连挨了几记重拳，便哭爹喊娘起来。

二楼房间的门都打开了，住客们见到佐藤平助挨揍，都开心地看热闹。直到在灶房烧水的佐藤夫人闻讯赶来，大家才上前把乐天拉开，鼻青脸肿的醉鬼烂泥一般瘫在地上。佐藤夫人先将丈夫拖回房间，之后一个劲向大家鞠躬道歉。

美佳子整理好散乱的头发和衣服，也忙向我们鞠躬。

"给大家添麻烦了，实在对不起。"

"你们不用道歉，错的是那个家伙。如果他再敢欺负你们，尽管来告诉我，我替你们出这口气！"乐天气呼呼地说。

美佳子的胳膊和脖子上还留着那个醉鬼掐出的血痕，眼睛里满是晶莹的泪珠。佐藤夫人怜惜地搂过美佳子，眼圈也红了。

"真是鲜花插在了牛粪上。"乐天嘟囔了一句中国话，他的目光停在佐藤夫人身上。

看热闹的人心满意足地散去。我觉得身心俱疲，真是混乱的一天，难道这就是遭遇"反枕"的结果？

第二天早上，美佳子给我们送来一盒精美的和果子表达谢意。不过，等我从学校回到伏越馆时，盒子里只剩下两块小馒头。至于其他点心，早被乐天和隔壁的启明先生吃了个精光。

此后的日子，一切风平浪静。佐藤平助似乎吸取了教训，整天躲在房间里喝闷酒，除了照例没事找事地咒骂佐藤夫人，没再敢招惹别人。周氏兄弟的客人变少了，倒是乐天去串门的次数越来越多。据他说，兄弟二人翻译了不少外国小说，正要准备出版。

那个黑龙会的杀手没有再出现。

最令我欣喜的是，失眠的毛病神奇地消失了。每天晚上头一沾枕就呼呼大睡，连梦都很少做，有几次还差点睡过头。看来，洋人喝牛奶催眠的法子果然管用。

逢魔时与官平之死

十一月的最后一个日曜日，我放心大胆地睡到了天光大亮。醒来之后，我伸着懒腰，透过二楼的窗户向外看去，不远处的御茶之水桥上站了许多人，都挤着向桥下张望。神田川里有一条船，载着几个身着制服的警察，他们拿着长长的竹竿，在河水里捞来捞去，似乎在找什么东西。船上还有一个身着和服的女人，竟然是佐藤夫人。

桥头有一个熟悉的身影，是乐天。他正和一个男人说话。那个男人穿着茶色的三件套西装，头发梳得油光水滑，留着两撇八字胡，我从没见过。

那个人又是谁？是革命党吗？

由于醒得太晚，错过了供应早餐的时间，我准备去和田屋吃饭。下楼时，正好遇上了从外面回来的美佳子，她的神色有些慌张。

"我刚起床,从二楼瞧见御茶之水桥上尽是看热闹的人。神田川那边出什么事了吗?"我随口问道。

"啊?您还不知道?佐藤先生跳河了!"

那个酒鬼居然跳河了?警察在神田川里捞的原来是他。这究竟是怎么回事啊?

美佳子向我详细说明了事情的经过。今天大约凌晨五点的时候,美佳子照旧起身准备早餐,突然看到佐藤平助从二楼跑了下来,仿佛中了邪一般,一脸狰狞,瞪着血红的眼睛,大叫大嚷、手舞足蹈地冲出伏越馆。佐藤夫人在他身后拼命追赶,美佳子吓得不知所措,因为担心夫人,也鼓起勇气追了出去。佐藤一边狂跑,一边大声嚷着"不要跟着我,不要跟着我",一路跑上御茶之水桥,站在桥中央大叫了几声,然后纵身跳了下去。佐藤夫人和美佳子听到了"扑通"的落水声,但天黑得像锅底一样,漆黑的水面上什么也看不见。

桥边有一个派出所,值夜的巡警在打瞌睡,也听到了佐藤平助落水的声音。那时,和田屋的老板已经起床,正在淘米洗菜,恰好隔着窗户目睹了佐藤平助跑上御茶之水桥,跳下神田川的一幕。

佐藤夫人冲进派出所,央求巡警帮忙搭救佐藤。可是,天实在太黑,巡警又是个旱鸭子,不敢贸然下水,只好等天亮后召集人手和船只,沿着神田川搜索。不过,看这情形,即使找得到佐藤平助,也多半是一具尸体了。

美佳子说得绘声绘色，言语中隐隐透出一丝得意。这也难怪，那个令人恶心的醉鬼如果就此一命呜呼，倒算是老天爷开了眼。

奇怪的是，佐藤夫人不愿随美佳子回伏越馆，仍跟着警察在神田川上帮忙搜索。这算是夫妻情分未了吗？

"竟然发生这种事啊。"我感叹道。

"您真的不知道呀？佐藤先生跑出去时闹得可凶呢，又是大喊大叫，又是砸东西，大家都被吵醒了，有好几位先生还过来问怎么回事。"

"是吗？我昨晚什么也没听见。"

我睡得可真够沉的。

警察在神田川里搜索了一天，但一无所获。佐藤夫人被警察叫去录了口供，美佳子与和田屋的老板都做证，佐藤平助的确是自己跳下神田川的。警察估计最后会以自杀结案。

乐天回来了，一脸志得意满的样子。他告诉我，终于找到了新的住处，马上就要搬走了。我的心情大好，无论是醉鬼跳河，还是这家伙搬家，无疑都是好消息。

"今天上午和你在一起的人是革命党吗？"我问起那个八字胡的来头。

"当然，他是负责和我联络的同志。"

我同他聊起了佐藤平助跳河的事，乐天说，今天凌晨的确听到了外面有奇怪的动静，但他懒得起床，没出去看个究竟。

"那个混账跳河自杀，总算是做了件好事。"尽管对死者有些不敬，但这是我的真心话。

"那种人怎么可能自杀？"乐天撇了撇嘴，"那种靠女人养活的废物，就像蟑螂一样，生命力顽强得很。"

"他不是自杀吗？"

"要么是中邪，要么是被杀，你猜猜看。"

虽说是让我猜，但满脸坏笑的他又开始滔滔不绝地讲了起来，我只有洗耳恭听的份。

"《今昔画图续百鬼》里记载，日本阴阳道有'逢魔时'之说，是指昼夜轮换、天地阴阳交替的特定时刻，也是人一天中最容易遇到妖魔鬼怪的时间。一天中有两个逢魔时，一是凌晨三点到五点，二是傍晚五点到七点。那是妖魔出动、百鬼作祟的最佳时机，正所谓'逢魔时百魅生'。佐藤从突然发狂到跳进神田川，正好发生在第一个'逢魔时'，他想必是真赶上妖魔作祟了。美佳子说过，佐藤边跑边喊'不要跟着我'，那不是对跟在身后的夫人说话，而是在苦苦哀求一直缠着他的妖魔鬼怪吧。"

"这种鬼神之说未免太荒谬了。"我不能认同。

"那我再换一个说法，给你讲个有趣的故事。"

乐天讲的故事来自日籍希腊人小泉八云所著《怪谈》的第十四回"官平之死"。

话说江户繁华时期，泉州地区有一个叫茅淳官平的官员。一天，一位算命先生告诉官平，当夜三更就是他的死期。官平自然不信，晚上照旧喝了酒，在房间里呼呼大睡，他的夫人小濑和下女安子在隔壁房间休息。三更时分，官平突然穿着睡衣，匆忙跑出家门，小濑和安子发现后也追了出来。可女人终究跑不过男人，她们远远看着他跑上一座桥，然后听见"扑通"一声，官平的身影便消失在茫茫夜色之中。次日，村民们试图在河里打捞官平的尸身，但无论怎么找也找不到，最后只好作罢。

　　除了没有碰上算命的，佐藤平助的遭遇和故事里的官平几乎一模一样。

　　故事还没有完。官平消失百日之后，小濑的亲友不忍心看她一人孤苦无依，都劝她再嫁。又过了一阵子，小濑嫁给了官平的同僚全藤太。下女安子后来嫁给了一个商人，离开了官平的家。不料，一天夜里，安子遇上了官平的鬼魂，对方给了她一袋金子和一张纸条，纸条上写着"要知三更事，可开火下水"。偏巧，当地的郡守梦见披头散发、眼含血泪的官平告状喊冤，状纸上写的也是"要知三更事，可开火下水"。安子前来报官，两下印证，郡守觉得官平之死大有蹊跷，便差人搜查官平的家。经过种种曲折，最后差役挖开官平家的火炉，发现了一块大石头，挪开石头，底下露出一口古井，井中正是官平的尸体。尸体脖子上有清晰的勒痕，明显是被人勒死的。

案情真相大白，罪魁祸首原来是官平的夫人小濑和同僚全藤太。他们暗中通奸，早有谋夺官平性命和家产的企图。案发那晚，全藤太潜入官平家，将酒后熟睡的官平勒死，然后藏好尸体，穿上官平的衣服，装成慌慌张张的样子跑出房间，跑到桥上之后，抱起一块大石头丢到河里，让别人以为官平投水自尽。事后，全藤太悄悄潜回官平家，和小濑一起把尸体扔进古井，并把火炉修在古井之上。

讲完这个鬼魂申冤的怪谈故事，乐天意味深长地说道："如果佐藤夫人和故事里的小濑一样，完全可以用同样的手法干掉佐藤平助。当然，她需要一个全藤太那样的帮手。"

"你是说，美佳子与和田屋老板看到的佐藤平助是假扮的？"

"如果真是那样，警察不可能在神田川里找到佐藤平助，那家伙的尸体应该还藏在伏越馆。或许，他就躺在咱们对面的房间里。"

一想到对门竟藏了具死尸，我心里就骤然紧张起来。

"你看你，脸都吓白了。"乐天还在嬉笑，"一般是不会藏在房间里的，万一警察上门来问话，那样风险太大。应该藏在更隐秘的地方，可能已经埋在哪里了……后院还是厨房？为了方便藏匿，或许已经把尸体大卸八块了。"

"这些都是你胡思乱想出来的吧？"我实在不相信佐藤夫人会做出那样可怕的事情。

"哈哈……"他笑出了声，"当然是胡思乱想了。那个家伙自杀也好被杀也好，我都没什么兴趣。反正他死掉，对佐藤夫人和美佳子是件好事。我马上就搬走了，就算他的鬼魂留在伏越馆，也只会骚扰你们了。说不定哪天，他会托梦给你，如果他也给你一袋金子，你可就发财了。记得分我一点啊……"

真是个促狭的家伙！

听他讲了半天鬼怪奇谈，我本以为晚上免不了做噩梦。幸运的是，一杯热牛奶下肚，睡意很快就涌了上来，又是舒服的一大觉。

幸亏事先定了闹钟，否则我又睡过了头。醒来时，乐天不在房间，他的行李似已收拾好了——他的随身东西不多，只有一个箱子，正摆在角落里。

月曜日早上的德文课万万不能迟到，教课的德国教授是出了名的认真和严厉。我匆匆穿好衣服，冲出房间，飞快地跑向学校。路过御茶之水桥时，我看见佐藤夫人在派出所里，正向巡警央告些什么。

一天课程结束，等我回到伏越馆的时候，美佳子告诉我，佐藤平助的尸体找到了。

警察原本准备放弃搜索，但在佐藤夫人的一再哀求下，今天又安排了人手和船只，顺着神田川的水流继续搜寻。临近中午时，警察在下游的江户川桥附近捞起了一具男尸。

虽然在水里泡了两天，但好在天气早已转凉，尸体尚未腐坏，相熟的警察一眼认出就是佐藤平助。

尸体的确在神田川里，并非藏在伏越馆的某个地方，看来昨晚乐天确实是在胡思乱想。

"警察留下了尸体，说是先要送到东京大学解剖，搞清楚死因之后才能送回来。夫人正在张罗后事。"美佳子说。

我本想说些"请节哀顺变"之类的套话，但谁会对那个醉鬼的死感到悲哀？于是便作罢了。

"真是奇怪，夫人看起来很伤心。那家伙明明平时对夫人又打又骂的。"美佳子嘟着嘴说。

出于礼数，我和其他住客还是专门向佐藤夫人表达了哀悼和安慰。她已换上了黑色的和服，表情显得很哀伤，眼里含着泪水，但仍冷静、得体地向我们还礼。

佐藤夫人的房间里燃着线香，神龛里仍供着三面灵牌，过不了几天，就会变成四面了。

乐天不在房间，他的箱子仍放在角落里，多半是去找那些神秘的革命党人了。今晚浴室开放，不到七点，美佳子照例按顺序来请，这次我没有拒绝。

或许因为近来洗澡的人少了，浴室比以往干净得多，泡澡的木盆也换了个新的。如此清洁的浴室，"垢尝"肯定不喜欢——我突然冒出了这个念头。

那小子就要搬走了，很快便听不到乱七八糟的鬼话怪谈了，一种莫名的遗憾袭上心头。

泡完澡，回到房间，我惬意地享受了一阵久违的宁静，直到就寝时，乐天也没有回来。

次日，我从学校回来时，乐天的箱子不见了。据美佳子说，他大约中午时分回到伏越馆，停留了不到一个钟头，便拿着行李匆忙离开，说是要搬到别处去住。他没有食言，付了一个多月的房租，只是没有给我留下只言片语，不知道究竟搬到哪里去了。

不过，关于他们那些革命党人的事情，还是知道得越少越好，免得惹祸上身。

美佳子没有顾上和我多说几句，就急匆匆离开了。我从其他住客口里了解到，佐藤平助的尸体被警察送了回来，已经装殓入棺，暂时存放在伏越馆一楼的空房里。经东京大学的医生检验，佐藤平助的死因是溺水，血液里没有验出毒物，只是酒精含量很高。尸体在水里泡了两天，具体死亡时间虽不能精确判定，但死于日曜日凌晨的可能性很大。警察推测，佐藤平助醉酒后产生幻觉、精神失常，以为鬼怪缠身，在极度恐惧之下，跳进神田川溺水身亡。

我不知道警察最后是按自杀还是意外结案，反正那个醉鬼的死不会有人深究。接下来的几天里，佐藤夫人尽心尽力地料理后事，美佳子也忙得不亦乐乎。

大家原本以为，佐藤夫人会将佐藤平助的尸体火化，把骨灰带回伏越馆或送去寺庙供奉——能做到这一步，已算是仁至义尽了。但没想到，她居然花了一大笔钱，买了一块墓地，还安排了堪称隆重的下葬仪式。佐藤夫妇在本地没有什么亲戚，参加葬礼的只有相熟的朋友和街坊，我和几个闲着无事的住客也去凑了热闹。

在僧人庄严的诵经声中，四个身强力壮的小伙子抬着装殓尸体的棺材，缓缓放入深深的墓穴之中，随着铁锹挥动，泥土如雨般落下，不多时便将死者与阳间彻底阻隔。身着丧服的佐藤夫人神情凄婉，身边相伴的美佳子也露出了少有的悲伤表情。然后，她们紧紧地抱在了一起。

葬礼之后好一阵子，佐藤夫人似乎仍没有从失去丈夫的哀伤中解脱出来。最明显的证据就是，伏越馆的饭菜味道每况愈下，连我原本爱喝的味噌汤也越来越难以下咽了。

如果生前是恩爱的夫妻，这样倒也平常，但佐藤平助偏偏是个地道的混蛋，佐藤夫人为何对他的死如此悲伤？虐待妻子的丈夫死后，妻子虽然也会在葬礼上痛哭流涕，但那是迫于世俗压力的表演。"演出"落幕之后，她们会换上一副脱离苦海的快慰表情。而佐藤夫人仿佛真的深陷痛苦不能自拔。难道她还深爱着那个一无是处的丈夫？

"她们真是一种令人捉摸不透的生物"——我想到了乐天说过的那句话。

美佳子的情绪也有些低落，变得沉默寡言，她不可能对佐藤有什么感情，应该是因为担心夫人。

还有一件令我头疼的事情，失眠的老毛病复发了，而且，热牛奶疗法宣告彻底失败。

告别时的猜想

时间很快就进入了明治四十年的最后一个月，我突然收到了父亲的来信。他老人家等不及我学成归国再图功名，终于另辟蹊径，卖祖产凑了钱，托了许多门路，在朝廷刚组建的新军中替我谋到了一个文职，据说是相当于七品的县官。虽然朝廷已于光绪二十七年明令停止捐官，但变通的法子总不难找到。

留学生涯戛然而止，犹存唐风的街市、春季烂漫的樱花、刚刚熟悉的朋友以及伏越馆的美佳子……告别这一切，我有些依依不舍。莫名其妙地走上"投笔从戎"之路，即将和一群丘八打交道，更让我感到手足无措。但是，父命难违，为了谋得这个职位，不知道家里花了多少银子，不知道父亲低三下四请托了多少人，除了回国，我没有别的选择。

办完休学手续那天，我沐浴在金色的夕阳里，缓缓走过御茶之水桥。学校和伏越馆之间这条烂熟于心的路，我首先要向它告别了。

刚走下桥，离愁别绪就被打断了。因为有人拦住了我，说的还是中国话。

"你是不是和王乐天住在一起的王金榜？"

对方口气生硬，吓了我一跳，定睛一看，是一个身着西装、头发油光整齐、蓄着八字胡的男人。半个多月前，就是佐藤平助跳下神田川的那一天，我看见他和乐天在御茶之水桥上说话。事后，乐天告诉我，他也是革命党。

"乐天是和我住过一段时间，但他已经搬走了。"

"他搬到哪里去了？"

"我不知道。"

"不可能吧？我打听过，你们还是亲戚，你怎么可能不知道他搬到哪里？"八字胡有些气急败坏。

"我确实不知道。他搬家的时候并没有告诉我，我当时也不在场。你若不信，可以去问伏越馆的下女。"我有些不高兴，"你们不是革命党的同志吗？为什么问我？"

"什么革命党？老子是朝廷命官！"八字胡怒了，胡子尖微微发颤，略显滑稽。

"你不是革命党？这究竟是怎么回事？"我的脑子有些发蒙，气势顿时输了一筹。

我和八字胡费了好一阵口舌，最后，他终于相信我没有隐瞒乐天的行踪，我也搞明白了事情的原委。

王乐天压根不是什么革命党，恰恰相反，他是受雇于朝廷、专门刺探革命党人情报的暗探。近几年来，留日学生加入革命党的越来越多。朝廷深以为患，但又鞭长莫及，为探知革命党人的动向，只好在留日学生中收买眼线、发展暗探。八字胡是大清驻日大使馆的武官，平时专司此项事宜。重赏之下，必有勇夫，乐天到日本不久后，便和八字胡做起了情报买卖。他自小精明狡黠，又能说会道，很快就和倾向革命党的留学生打成一片，两年来卖给八字胡许多情报，赏金自然也没少拿。

今年七月，革命党人、光复会会员徐锡麟在安庆刺杀安徽巡抚恩铭，并图谋联络浙、沪等省的会党起事。事败被杀后，光复会首脑及会员纷纷逃至日本。朝廷急令驻日使馆广布眼线，查探革命党人的最新动向，特别是查清光复会首脑的行踪。八字胡布下的眼线中就有乐天。

到了九十月间，八字胡收到乐天的消息，御茶之水桥附近的伏越馆常有光复会成员出入聚会，他已潜入探查——那恐怕就是乐天搬来和我同住的真正原因。

又过了将近两个月，乐天约八字胡在御茶之水桥见面——大概就是我见到的那一次，说有望拿到光复会的机密文件，八字胡闻讯大喜，带着赏钱来赴约。然而，关于赏金的数额，两人没能谈妥。乐天突然狮子大开口，开的价码实在太高，八字胡自己做不了主，必须回去请示上峰。临走时，乐天先敲了八字胡一笔不菲的定金，然后同他约定，一旦文件到手，立即通知他。

但过了十几天，赏钱批了下来，但别说什么机密文件，连张废纸都没见到，乐天也音讯全无。上峰多番催问，八字胡心下焦急，便来伏越馆找乐天，不料已人去屋空、不知去向了。

"这小子居然敢黑我的钱!"八字胡恶狠狠地问候了乐天的全家和祖宗,但终究无计可施,只能悻悻而去。

真是"饶你奸似鬼,喝了洗脚水",这家伙上了乐天的当,这笔买卖赔得相当厉害。难怪乐天瞒着我匆忙搬家,原来是防着苦主找上门来。

不过,乐天同样骗了我,害得我担惊受怕。想到此处,我的心里也有些愤懑。

"承蒙您一年多来的照顾,因为家里的关系,我很快就要回国了。"我先向佐藤夫人辞行,并承诺会提前告知搬走的时间,以便她安排新客人入住。

"您这么快就要回国了,真是太遗憾了。王先生这样好的住客,实在太难得了。"佐藤夫人略显憔悴,已不再穿丧服,和服的颜色换成了暗灰色,往日的光彩黯淡了好多。

"如果您允许,我可以上炷香吗?"告辞之前,我提出了这个请求。我想,自己这么做,算是对佐藤夫人的一种宽慰。

佐藤夫人略一迟疑,同意了我的请求。我移步到神龛前,轻轻拈起三支线香点燃,小心翼翼地插在香炉里。线香升腾起袅袅青烟,释放出清幽馥郁的香气。佐藤夫人双手合十,口中轻声默诵经文。

神龛里的灵牌有四个,三面是旧的,供奉的是佐藤家族的先辈(其中有佐藤夫人的父母),一面是新增的,供奉的应该是她的丈夫。不过,这面灵牌是空白的,上面没有佐藤平助的名字。

还没来得及刻上名字吗？佐藤平助已经下葬十几天了。我脑中生出一丝疑惑，仿佛是溅在干净衣襟上的一点油渍。

很快就订好了回国的船票，接下来该打点行装了。我的行李并不算多，除了日常衣物，就是到日本以来存下的各类图书。

每个房间都有一个空间宽绰的壁橱，上层存放被褥，下层存放客人的个人物品，我的书乱七八糟地堆在壁橱下层。

一个人返程，能带走的行李重量有限，书只能带回去一小部分。我一本本整理着，借来的书要赶紧还回去，从旧书摊上买来的书，大多数要卖掉……

整理到最后，我在壁橱角落翻出一个包袱，里面装的是厚厚一摞写满字的稿纸。最上面一页写着"域外小说集"几个字，落款是"会稽周氏兄弟"，底下还写着"豫才、启明"的名字。我翻了翻，原来是翻译成中文的外国小说。这是隔壁周氏兄弟的译作，我记不起来是何时借来的。乐天一向喜欢读小说、怪谈，又和启明先生聊得很投缘，这包书稿多半是他借来的。

我把书稿还给启明先生时，他的表情有些错愕。

"实在抱歉，乐天搬走得太匆忙，估计忘记还给您了。您检查一下，可有什么缺损？"我依稀记得，周氏兄弟说过要译书出版的，这书稿想必就是了。

启明先生打开包袱看了看，长长出了一口气。

"这是准备要出版的吧？可惜我就要回国了，怕是无福拜读大作了。"毕竟做了两年邻居，我也向他道别。

"这本《域外小说集》，我和家兄打算在东京和上海两地印行，将来国内也是看得到的。"

"我到时候一定拜读。"客气话自然是要说的。其实，发现那包书稿后，我只翻看了头两页，通篇文字佶屈聱牙，勉强读了十几行，便失去了继续往下翻的兴趣。

"您哪天启程？"

"这个月三十一日的船，吃不上年越荞麦面了。"

"那就预祝金榜兄一路顺风。家兄不日也将归国，再过两年，我也是要回去的。大家有缘再见。"

我突然想问他，那个被乐天称为"黑龙会杀手"的光头男子究竟是谁？话到嘴边，略一犹豫，还是决定作罢。

管他是谁呢，那件事对我无关紧要。

明治四十年的最后一天，是我在东京的最后一天。明治维新之后，日本改用西洋历法，那天也是日本的除夕。东京街头张灯结彩，老天恰到好处地降下瑞雪，银装素裹之中，盛装的男男女女们忙着装饰门松、做荞麦面、打年糕，期待着大晦日之夜的一百零八响钟声。伏越馆被打扫得干干净净，一派喜气洋洋的景象，对门和田屋的老板更是干劲十足，又在热火朝天地和面——他做的荞麦面年年受人欢迎。

清晨，我装好最后一件行李，离开伏越馆，前往东京港。辞旧迎新之时，我不愿打扰别人，事先谢绝了几位朋友送行的好意，决定一个人上路。

帮我把两个大箱子从二楼搬上车的是美佳子，她穿着崭新的和服，脸上依旧泛着健康的红晕。或许是为了迎接新年，她化了点淡妆，与两年前初见时相比，这个女孩已经有了女人的模样。

"王先生，真舍不得您走啊。您还会再回日本吗？"临别时，她问道。

我不知道这是寻常的客套话，还是她的真情实感，我的内心深处确实有些不舍。

"这个……说不好，近几年应该不会再来了。"我含糊地答道。前路茫茫，谁能未卜先知？我和伏越馆的缘分大约就到此为止了。

"明天是新年第一天，祝美佳子大吉大利、万事如意。"我挤出了笑容。

"我也祝您早日平安回到中国，和家人团聚！"她笑靥如花。

车子启动了，美佳子站在伏越馆大门前，向我挥手道别。我的眼睛有些发热。

虽是除夕，东京港依然繁忙，因为船舶调度问题，我要乘坐的船延后到下午起航。寄存好行李之后，我在码头附近找了家饭铺吃午餐。

好不容易找到一个空位，我点了一份定食，刚吃了两口，身旁的客人结账离开，又坐下新的客人，他们说的是中文。

我转头一看，心头猛然一惊。隔壁桌坐了四个身穿西服的年轻人，其中一个竟是那曾经出现在伏越馆的光头男子。我脑中闪过的第一个念头是拔腿就跑，但马上便回过神来。光头男子应该并非真的"黑龙会杀手"，他也未必记得我——当时，我和他毕竟只是打过一个照面而已。这么一想，我心下安稳了一些，光头男子的面相似乎也没那么凶恶了。

他果然没有认出我，甚至没向我这边看一眼。饭铺里环境嘈杂，他和同伴又以为周边都是不懂中文的日本人，并没有注意压低说话声。他们边吃边谈，对话有不少断断续续传到我的耳朵里。

"焕卿兄，此去南洋，前路艰险，千万要保重。"同伴对光头男子说道。

"我去南洋宣讲革命道理，筹措资金，待时机成熟，还要回来重建光复会总会。你们留在日本，要保存好组织，联络分散的同志，肩上的担子也不轻……"

"您在周氏兄弟那里存放的东西，我们何时取回来？"

"越快越好。他们虽然为人可靠，但毕竟是文人脾性，办不好机密事宜……他们把章程夹在什么书稿里，差一点弄丢……那些东西虽然不是十分要紧，但若落在清廷手中，也是件麻烦事。"

"我们明天就去取。"

"明天就是新的一年，自我立志反清复汉，斗转星移，一晃快十年过去了……咱们以茶代酒干一杯，祝愿我中华早日光复，待到共和建成之日，大家一起告慰伯荪、竞雄等诸君的在天之灵。"

光头男子率先举杯，四个人的杯子碰在一起。我偷眼窥去，他们神情肃穆，眼中都闪着微光。

在如烟似雾的细雪中，轮船终于起航了。我受不了二等客舱里的拥挤与憋闷，来到甲板上透气。远处的码头和陆地慢慢淡出视线，海天之间的分野渐渐模糊。

我算是搞清了光头男子的身份，他才是真正的革命党人、光复会的首脑。然而，更多的疑惑淤积起来，宛如衣襟上的油渍越来越多、越扩越大。

我还给启明先生的那包书稿里，莫非就藏着光复会的机密文件？

把那包书稿藏在壁橱里的无疑是乐天。他为什么既没有交给八字胡，也没有带走？那可是能换来一大笔赏钱的啊。

我的脑海中火花一闪，恼人的油渍和污浊的衣襟仿佛被付之一炬。所有的迷乱和模糊瞬间变得清晰而澄澈，一个接一个可怕的猜想扑面而来。

——乐天没把那包东西带走，因为他消失了，永远地消失了。

以下全是我的猜想：

九月，乐天冒充躲避搜捕的革命党人，借着与我相识的关系，住进了伏越馆。目的是监视隔壁的周氏兄弟，借此追查光复会首脑的行踪。

我房间的壁橱通向屋子的顶阁。如果从壁橱里钻进顶阁，悄悄伏在天花板之上，绝对是窥人阴私的妙法。通过这条天花板上的捷径，还可以轻松潜入对方的房间。

同住一屋的我是个障碍，我睡眠极浅，又常常失眠，乐天若想夜间行动，无疑要冒很大风险。于是，他向我推荐喝牛奶催眠的办法，趁我不备时，在牛奶里加入安眠药。

我喝了安眠药，自然睡得很沉，即使他把枕头从我脑袋底下挪到脚下，我也浑然不觉——所谓遇上"反枕"，恐怕是从小喜爱捣鬼的他在试验安眠药的药效。

他向我出示光复会首脑的照片，谎称是"黑龙会的杀手"，是骗我替他留心那人形迹的招数。我的确"不负所托"，一发现那个光头男子便立即示警，帮了他的大忙。难怪那时他非但没有丝毫慌张，反而显得兴高采烈。

或许是从八字胡那里得知，光头男子托周氏兄弟保管革命党人的机密文件，乐天开始主动与启明先生接触，借机探听虚实。从那时起，我睡得越来越沉，好几次睡过头，因为乐天加大了安眠药的药量。

在我昏睡的时候，他正如"天井尝"一样，藏身在阴暗潮湿的顶阁里，静静地伏在落满灰尘的天花板上，窥探着天花板下的世界——那个世界不仅有周氏兄弟，还有佐藤夫人。

令我心动的是美佳子，而乐天迷恋的应该是佐藤夫人。潜伏在顶阁里，佐藤夫人的寝室就在身下，他怎么可能浪费如此良机？细想起来，他窥探最多的或许不是周氏兄弟，而是佐藤夫人吧。

后来，他终于成功潜入周氏兄弟的房间，拿到了暗藏文件的那包书稿。然而，就在那个大功告成的夜晚，乐天无意中窥见了一件事。

佐藤夫人杀死了佐藤平助。

溺死一个烂醉如泥的醉鬼并不需要一条河，一个储满水的木盆就足够了。把佐藤平助的脑袋摁进水里直到断气，需要几个人？佐藤夫人一个人可能不够，帮忙的应该还有美佳子。

暗中目睹一切的乐天既没有举发罪行，也没有装作毫不知情，他的选择是自告奋勇，充当同谋。

这确实有些匪夷所思，但我想不出其他更逼近真相的可能。我甚至可以想象，在那个死寂的暗夜，他敲开佐藤夫人的房门，面对两个惊魂未定的女人，露出精明而自负的微笑。

这个醉鬼死不足惜，后面的事就交给我了——他或许是这么说的。

他照搬《怪谈》里"官平之死"的章节，自导自演了佐藤平助中邪投河的一幕，他扮演的是"全藤太"的角色。以御茶之水桥为舞台，时间选在凌晨五点，因为他需要伏越馆以外的观众，派出所的值夜巡警加上勤劳的和田屋老板，是最合适的见证人。

自幼生长在江南水乡的乐天水性极佳，"逢魔时"晦暗不明的天色是最好的掩护。不谙水性的巡警忙着安慰假装惊慌失措的佐藤夫人，并焦急地等待天明。与此同时，乐天趁机游上岸，悄悄返回伏越馆。

至于佐藤平助的尸体，那时还来不及处置，应该仍藏在馆内，或许就藏在浴室里。那天是日曜日，晚上浴室不开放。东京大学的医生推断，尸体在水里泡了两天，这个判断十分准确，只不过，头一天，尸体不是泡在神田川里，而是泡在浴盆里。

天亮之后，乐天站在御茶之水桥上，饶有兴致地旁观警察在神田川里徒劳无功，一边和八字胡讨价还价，因为没谈拢价钱，他当天没把包袱交给对方。回到伏越馆后，志得意满的他难耐内心兴奋，滔滔不绝地向我讲述了"逢魔时"的典故和"官平之死"的传说，那是一种隐蔽的炫耀和宣泄。

乐天做这一切的目的到底是什么？因为迷恋佐藤夫人，出于爱意而拔刀相助？抑或只是为了单纯的金钱和肉体交易？这不得而知。不过，他的目的全然落空。佐藤夫人既对他没有爱意，也没有做交易的诚意。那天晚上，我沉沉睡去之后，她杀掉了乐天。

她是如何动手的？灌醉一个自以为成竹在胸、掌控一切的男人，应该不是一件太难的事情，当然，她也可以用安眠药。至于是溺死、勒死还是其他什么方式，我就无从知晓了。

不过，可以肯定的是，同谋的还有美佳子。第二天浴室开放，美佳子依次请住客们洗澡，她叫了我之后，却没有再来叫排序最后的乐天。这和往常大不一样，因为她知道，乐天已经不可能去洗澡了。

后来，趁我去学校的时候，美佳子进入我的房间，拿走了乐天的行李，并编造了乐天匆忙搬走的谎言。当然，她不知道，壁橱里还藏着那个待价而沽的包袱。

应该就在杀掉乐天的那晚，佐藤夫人和美佳子将佐藤平助的尸体运到神田川下游，沉在江户川桥附近。

为什么要冒险把佐藤的尸体再扔进神田川？因为佐藤

夫人需要警察从神田川里捞起佐藤的尸体，如此一来，她就可以名正言顺地办一场葬礼，光明正大地将尸体装进棺材。当然，装进棺材的不止一具尸体。利用停灵的时候，她们将乐天的尸体也装进了棺材。

不能火葬，因为人的骨骸不会完全烧尽，捡骨灰时，经验丰富的火葬工一眼就能发现，被烧掉的不是一具尸体。因此，她不吝重金买下一块墓地，为的就是将棺材深埋地下。

佐藤夫人的计划进行得很顺利，警察很快打捞起尸体，葬礼也如愿举行。埋葬了尸体之后，她和美佳子幸福地相拥在一起，终于可以继续平安生活下去了。

除掉自己的醉鬼丈夫，佐藤夫人和美佳子没有丝毫后悔和犹疑，但对于那个突然出现、主动伸出援手的乐天，她们难免感到良心不安。那段时间，她们显得情绪低落、魂不守舍，或许是在默默忍受良心的折磨。

佐藤夫人在神龛里摆上了新灵牌，却没有刻上名字，因为她既不愿刻上丈夫的名字，也不能刻上乐天的名字。对于她来说，日日不断点燃的线香，供奉的不是可恶的丈夫，而是那个枉死的异国青年……

海风突然变得十分强劲，船身摇晃的幅度越来越大。我在甲板上立足不稳，险些摔了一跤。周围的乘客陆续回船舱去了。

刚才那些呈现在我脑海中的图景，只是荒诞不经的臆想，还是被隐匿的事实真相？

验证的办法倒是有一个：我返回东京，挖开佐藤的墓穴，撬开棺材，看看里面到底装着几具尸体。

但是，我怎么可能做出那种事情？异国的土地已经完全消失在我的视野中，暮云笼盖之下，无边无际的海和天终于连成一片，整个世界仿佛都是混浊的灰色。再过几个钟头，明治四十年就宣告结束了，而对于我，这个异国的年号不再有任何意义。

天地至大至广，时运命数难料，人不过是渺小可怜的生物。乐天和我只是过客，是草芥，是微尘，是齑粉。我对自己说，还是忘掉那些不切实际的想法为好。

而且，我希望美佳子一直幸福地生活下去。

我记起，几天前，面对佐藤夫人供奉的那面无字灵牌，我恭恭敬敬地点燃了三根线香。那就算是我对童年伙伴和临时室友的最后告别吧。

斗　鸡 ／ 沐一

太守养的斗鸡死了一只。

死的是"追风"，曾为太守立下赫赫战功的老将。现在它年纪不小了，跑也跑不快了，太守将它养在鸡舍之中，培养的重心转移到了其他后起之秀上。

没想到追风突然死了。

消息一收到，太守气得跺脚。追风不是病死，而是脖子被整个拧断了，脑袋软绵绵地朝后方歪，原本炯炯有神的眼睛也失去了光泽，仿佛两颗黯淡的木头珠子。

"显然是有人故意为之！"太守把鸡笼一拍，盯着那尸首，痛不欲生，"白养活你们这些蠢奴才了！连只鸡都看不住！"

一番审问下来，谁都不知道是什么人掐死了这只斗鸡，连鸡舍几时有人入内他们都支支吾吾说不清楚。太守将他们狠狠骂了一通，仍觉得不够解气，转头叫管家过来，拖了几个去后院毒打。听到后院频频传来的惨叫声，太守这才感到几分解恨。他往椅子上一靠，揉揉太阳穴，长长叹了口气。

定是那些对他怀恨在心的人干的，他愤愤地想。会是谁呢？官场上的同僚？民间的自称替天行道的侠客？还是那些在斗鸡台上惨败给他的对手？

可何必找一只鸡下手？

太守"啧"了一声，暗道也罢，说不定就是那伙不长脑子的仆役监守自盗。唉，可怜了追风，就这样去了。

这些年来，斗鸡风靡全国，不光在民间受到众人欢迎，甚至在朝廷也有着大量拥趸。每到重大节日，京城都会举办盛大的斗鸡比赛，就连平日里许多官员也喜欢三三两两聚在一起，带上自家斗鸡一较高下，就如同对弈或者看戏一般稀松平常。

郑太守爱鸡是出了名的，当地人都知道他"视鸡如子"。有时候遇上名贵的品种，他更是要亲自看护，甚至时时抱在怀中一刻都离不了。偶尔被家中女眷埋怨，他还不满道："这是我的宝贝，你懂什么？当真妇人之见！"

所以这追风一死，他难过了许久，唉声叹气，连连扼腕。

外头正值大暑天，刚下过一场雨，天气又潮又热。郑太守坐了这么久，早已热得汗流浃背。刚才他心里恼火，把下人都斥退了，现在他的气渐渐消了，便开口唤了两个绿衣婢女进来，一左一右地立在后方，为他打扇。

这会儿，管家在外头敲了敲门，然后送进来一碗甘草凉水解暑。太守府内建有冰窖，一到三伏天便可随意取冰享用。虽说街上也有沿街叫卖冰块和冷食的，但终究没有自家做的方便。一杯凉水下肚，郑太守舒坦地打了个嗝儿，咂摸咂摸嘴，还觉得屋里热得慌。管家立马差人送来四个冰盆，往屋里四个角一放，顿时凉意袅袅，清爽得如同仙境。

"哎哟，您这里可真凉快！"

外头传来一个轻快的男声，接着一人迈步走入。此人脚穿方头履，身着鸳鸯团领衫，佩刀松垮垮地挂在一侧，似乎一碰就会掉。郑太守抬起眼来，发现来者正是当地的县尉，刘驰。这位刘县尉还不到三十，长得清清秀秀，像个文弱书生。这人脑袋瓜特别灵活，像泥鳅一样油滑，是郑太守一手提拔起来的得力干将。

"刘县尉，你怎么来了？外头也不通报一声，太不像话了。"

"不不，我瞧大人正在歇息，没好意思打扰。"刘驰笑着擦去额头上的汗珠，恭敬道。

郑太守忙叫他进来坐。刘驰是他的老相识了，两人年岁虽差了不少，但一见如故。刘驰对斗鸡也有些了解，上个月他跑了一趟南疆，给郑太守找来一只"黑凤"。这只鸡厉害得很，现在是郑太守手下的得力爱将，一次都没输过。

何况刘驰还是有几分本事的。早些年他帮郑太守破了一桩大案,相当于帮对方坐稳了如今这个位置。他有担当,有能力,还百依百顺从没有怨言,深得郑太守信任。

刘驰刚一坐定,郑太守想起黑凤的战绩,又把刘驰夸了一通。话锋一转,他谈到死去的追风,顿时心疼不已。刘驰宽慰了他几句,又问要不要协助缉拿真凶。郑太守叹了一声道:"罢了,追风也已至垂暮之年,不能再战了。"

刘驰连忙劝他宽心,眼睛一转,又起了新的话头:"在下听闻秦大人不日要与您一战,您打算派谁出场?"

秦大人就是郑太守的老对手,原名秦钟。他和郑太守也是老相识,隔三岔五总要比拼一次,有时候打得急了,还会吵起来。

郑太守一听这句,露出志在必得的神情,哼了一声道:"他那些贪生怕死的货色,铁定要成为黑凤的手下败将!何况,还有你上回给我找来的法宝……"

后半句声音陡然低了下去,刘驰会意一笑,同样压低声音道:"那东西可还好使?"

"刚放进去的时候,鸡舍都乱了套了,"郑太守捋着下腭短须,表情丝毫不见恼火,反倒有种难以言说的诡秘,"现在好多了,新来的鸡一放进去,吓得满地乱窜,老的早就习惯了,动都不动一下。这回就瞧好了吧,等秦钟一来,定让他输得身无分文!"

刘驰陪着他笑，又问："秦大人已经到了吗？"

"应当是到了，他和我那几个老友一同来的。你也知道的，王逸林、宋阅他们，还有现在跟在我身边的顾轩。"

刘驰一脸了然地点点头："您与四位大人也是几十年的交情了。"

"那是自然，当年我还在京中，他们都是赶考的贡生。如今我们分隔四地，难得聚一回。都是老交情了，可秦钟那人这几年是越来越怪了，老和我作对似的……唉。"

刘驰开口劝他："大人也别这么说，秦大人性子直，说话难免唐突。我瞧，约莫还是在斗鸡时输了您好几回，他心里头有些不爽快罢了。"

郑太守揉了揉眉心，叹道："他就是太计较了，老大岁数了，还这么小心眼。之前那谁一死，他也是……"

说到这里，他登时打住，刘驰也闭口不语，眼神有些迟疑。两人对视，郑太守脸色一沉，眼神藏藏掖掖的，好像自己一时顺嘴，提及了什么不该提的往事。刘驰是通透之人，见状立马明白过来，打了个哈哈道："大人，城东新开了一家酒楼，听说味道极好，改日我请您去尝尝？"

郑太守在心中感慨他知趣，这时也压下旧事，笑道："哪能让刘县尉破费，等我那些老朋友到了，我做东，再一道去吧。"

两人继续说说笑笑，好似刚才什么也没发生。

直至傍晚时分，两人一同去视察鸡舍。郑太守抱出了一只通体漆黑的斗鸡，迫不及待交给刘驰看："黑凤这些日子长得愈发威武了，有时候我都有点怵它哩！"

他话音刚落，那只斗鸡翅膀"扑棱棱"地一扇，竟然直接挣开他的怀抱飞了出去，稳稳落在几丈外的草地上。看管鸡舍的几个仆役慌了，怕黑凤就这么逃了出去，赶紧去追。可那黑凤也不知道是不是起了玩闹的心思，左一个扑腾，右一个旋身，像逗弄一群只知道瞎跑的野狗一般。最后它踩着一个仆役的脑袋，直接飞到了旁边一棵榆树上，耀武扬威地刨刨爪子，张口就是一声高亢的嘶鸣。

正当两人说话的时候，外头传来一阵杂乱的脚步声。郑太守欣赏自家斗鸡的时候一贯不喜吵闹，此刻正想发难，就听一个陌生的声音道："郑大人，刘大人，出事了，死人了！"

两人回身一看，来者是刘驰手底下的捕快。郑太守心想死人的事的确该刘驰这个县尉去管，可也没必要跑进自己家来吧。他虽有不满，但并未答话，只听刘驰开口道："把话说清楚！"

"有位大人死了，死在巷中，尸首刚刚被人发现，"那人慌慌张张道，"就是太守大人您的幕僚，顾轩顾大人！"

两人在捕快的引领下匆匆出门，赶到地方时，天色已经擦黑。顾轩的尸首横在深巷之中，据仵作推断已经死了四五个时辰了，只是地方偏僻，这会儿才被人发现。

顾轩的死因一目了然，脖子被人拧断，脑袋无力地耷拉在一旁。这副模样令郑太守的心脏瞬间狂跳不止。怎么这么像？他脑海里立刻浮现出早晨刚死的追风，虽然人和鸡差了老远，可这脖颈断裂、只剩一层软塌塌的皮肉连着的模样，简直太像了！

仵作开始搬弄尸首，他一动，那死人的脑袋就坠在后方，翻着白眼直勾勾地看向郑太守的方向。郑太守吓得连退三步，只看着那脑袋在颠簸中一晃一晃地扭曲成诡异的形状，头发被夜风吹得蛛网似的张开，苍白的嘴唇没来得及合上，好似曾试图求救，却又被生生扼断一般。

郑太守"啊"地发出一声大叫，惊得众人纷纷侧目。刘驰忙上前扶住他，对其余衙役道："你们赶紧把尸首送回衙门，别让太守受了惊吓。"

太守府跟来的几个仆役立马拥上来，七手八脚地将他们的主子送上轿子。郑太守回家歇了片刻，这才缓过神来，捂着胸口思忖：一定是凑巧了，不可能发生这种事的。

他不信鬼神之说，更不信报应。这么多年他的确干了不少恶事，可他是宗室，没人动得了他。莫非是不敢碰自己，只好拿跟在自己身边的人开刀？顾轩是他多年的心腹了，怎么就遭人暗算了呢？

不不不，是他想多了，这事还不一定和自己有关。没准儿是强盗劫匪之流，再不济就是顾轩自己惹上的仇家，不会牵连到自己头上的。

可顾轩终究是与他交情不浅的老朋友，就这么去了，他心里头实在难受得慌。他越想越是心绪纷乱，一股子恼恨直往头上冲，他"啪"地一掌拍在案上，大声道："刘县尉呢？叫他过来！"

侍奉在旁的仆役觉察太守发火，害怕会迁怒自己，只能小心翼翼道："刘大人回衙门查案去了……"

看他那胆小怕事的模样，郑太守没来由地更加窝火："那就让他赶紧查，掘地三尺也要把真凶翻出来！"

家里的女眷也听说了这事，他的夫人郑氏想来安慰他，话没说上两句又被他轰了出去。顾轩的死状历历在目，郑太守坐立不安，最后叫人把黑凤抱来，他非得要这只斗鸡陪着才能平静。

这里每个人都知道郑太守爱鸡如命，没人敢提出异议，由着他们主子搂着黑凤睡了一觉。翌日一早，郑太守被外头透进来的阳光弄醒，一睁眼，黑凤已趾高气扬地立在窗台上，若不是脚上被绳子拴着，恐怕早飞出去了。

郑太守伸手想逗逗它，险些被它在手上啄了一口。以往太守肯定不会和它计较，还会夸它有斗志，有狠劲儿，今天却没这个心情，咒骂道："这畜生，好吃好喝招待你，还学会给我甩脸色了？"

黑凤扑棱几下翅膀，傲慢地瞥他一眼。不知为何，这视线让郑太守愈发烦躁。他决定不理会这只臭脾气的斗鸡，气冲冲地把袖子一甩，喊来仆役说要去一趟衙门。

"您是要问顾大人的案子？"管家试探道。

郑太守横他一眼，意思是还能有别的事？管家"哎"地应了一声，又道："您大概不用去了，大清早的时候刘县尉来了，正在外头候着呢。"

"刘县尉来了？"郑太守一面由丫鬟伺候着洗漱，一面问道，"查出来没有？"

"小的听说还没找着，"管家把头摇成了拨浪鼓，"顾大人的家眷昨夜都去了，听说今天一早已经将顾大人的……接了回去，正布置灵堂呢。"

郑太守半信半疑地眨眨眼："才一夜就接回去？"

"顾大人是体面人啊，现在三伏天的，要再不入殓，就……"管家犹豫再三，还是没说出"烂了"这两个字。

郑太守一想到昨日顾轩那副恐怖的死状，后背又觉得冷汗直冒。当下也顾不得和管家废话了，直接道："我去见见刘县尉。"

说罢，他直接走出门去，一出门就被清晨的光线晃了一下眼睛。他匆匆奔向前厅，刘驰已经等了许久了，脸上明显带着倦意，看来真的是忙了一夜。但一看见郑太守赶来，他立马打起精神，整了一下衣冠，上前请了个安就直奔主题。

"这是仵作的验状，"刘驰直接将一张纸递给郑太守，"里头写得很清楚了，没有其他外伤。"

郑太守仔细看起验状，上头写得很详细，顾轩身上不但没有外伤，连打斗的痕迹也没有。

"会是劫匪么？"郑太守道。

刘驰摇了摇头："还不确定，但凶手一定是习过武的身强力壮之人，不然徒手拧断他人脖颈几乎是不可能的。"

郑太守沉默了片刻，下意识地摊开双掌凝视许久，在脑海中回想了一番。的确，杀鸡的时候拧断鸡脖子都要费一番力，何况是人。而且人肯定会反抗，一旦反抗那就更难下手了。如果要杀人，一般人都不会挑这么复杂的方法。

"这凶手一定对自己的身手极有自信，"郑太守喃喃道，"用刀也好，用剑也好，怎么都比这徒手拧断要方便得多……"

刘驰颔首，又道："顾大人的家人说，他昨天一早就出门了，说是与朋友相聚，走的时候兴高采烈的。但这朋友是谁，顾大人没细说。"

"朋友……"郑太守眉头蹙得更厉害，沉吟道，"顾轩平日里没什么亲近的朋友，也就与我、秦钟、王逸林还有宋阅走得近些。"

说到这里，他像想起什么似的，张口问道："哎，他们几个知道这事了么？"

"应该已经知道了。"

刘驰刚回答完，一旁等候的管事凑上前来道："秦大人他们已经送来了帖子，请您下午一同去灵堂祭奠顾大人。"

郑太守叹了口气，挥挥手表示知道了，让那人退下。

他已隐约觉得有什么不对，如果是让顾轩兴高采烈去见的朋友，恐怕只会是他们四个了吧。

莫非，凶手……

刘驰忙开口劝他不要胡思乱想，这时丫鬟已经把早饭端了上来，他抢在丫鬟前头给郑太守盛了一碗粥，恭恭敬敬端过去："您先吃点东西，压压惊。说得不中听一些，秦大人他们三位大人都是文职，哪能下得去如此重手？在下已让衙役张贴通缉令寻找身强力壮的人，不日定会有所发现。"

虽说郑太守也可能是疑犯，但他说话的时候巧妙地把对方忽略了，这又是他的油滑之处。郑大人当然听得出来，哭笑不得地揉了揉眉心道："那有劳你了。"

天气燥热，他心里头又堆着心事，刘驰替他盛的粥他喝了两口就没了胃口。刘驰比管家还会察言观色，立马又帮他张罗着要换冷食。伙房忙了许久，最后端上来一碗冰块盛着的荔枝膏，他才勉强动了几下筷子。

下午郑太守应约去了灵堂。顾轩死得突然，灵堂布置得仓促，更显得凄惶。另外几个朋友都在，最先见到的是王逸林，这人天生一张红脸膛，随时都是一副油光满面的样子，仿佛喝多了酒一般。他别的兴趣没有，就爱吃，灵堂上用来招待宾客的点心被他吃了六七成。别的人都没什么胃口，就他一人神情哀伤，嘴巴却动个不停。

郑太守早就习惯了，这人爱吃已经成了天性，他也不是不尊重过世的顾轩，只是改不了旧习而已。

王逸林身边坐着矮小的秦钟，看见郑太守只是点了个头，没多少反应。秦钟这人刚认识的时候还好，这么多年相处下来，脾气就越来越古怪，一丁点儿事都能发火。而且和郑太守一样都爱好斗鸡，把输赢看得很重，两人这几年没少闹矛盾，关系越来越僵了。

所以秦钟不搭理郑太守，郑太守也懒得和他多话，和王逸林简单叙了几句以后，他一转眼看到宋阅正在上香，便迈步走了过去。刚一靠近，他就发觉宋阅已经哭了出来，抓着漆黑的灵牌久久不肯撒手，嘴里反复念的都是顾轩的名字。

好几人上来劝，都没能把他劝走。郑太守见状也觉得鼻头发酸。当年宋阅与顾轩是同乡，一起上京考试的，感情比其他人都来得深。而且宋阅这人重情重义，顾轩去了，他肯定比谁都难过。

他拍拍宋阅的后背，长叹道："节哀吧，顾轩已经去了。"

宋阅哭声渐弱，变成了一阵一阵的抽噎，背后却传来秦钟的一声冷笑。只听他道："到底是何方贼人如此大胆？顾郎日日与郑公在一处，为何突然出了事？"

郑太守一听，顿时生出几分邪火，心想莫非这人觉得顾轩是我害死的不成？但他没说出来，干巴巴地安慰了几句。王逸林也走上前，四人凑在一起，长吁短叹，许久说不出话来。

数日过去，案子仍没有着落。不知是不是顾轩的死触动了四人心中的往事，这几日他们时常聚在一起，感慨年轻时在京城那自在逍遥的时光。然而好端端的聚会，突然就少了一人，谁都不会高兴，有时候说不上几句就会争执起来。场面本来都有些要不欢而散，结果王逸林忽然道："我们这般模样，顾轩九泉之下也会难受的吧。"

　　于是众人都沉默下来，后来还是宋阅叹道："咱们兄弟几人多年未见，本就是来聚会的，成天吵来吵去像什么话。顾轩虽是故去了，可他定然也不想我们之间生出嫌隙，咱们就当他还在，高兴点。"

　　"你这话说得好生吓人。"秦钟啜了一口茶，幽幽地冒出来一句。

　　王逸林抓了一把瓜子嗑着，含混道："人刚走，魂还没散，他说不定就在旁边看着哩。"

　　郑太守被他这句话弄得打了个冷战，其余三人都没看见顾轩的死状，可他是看见了的，于是脑海中顾轩平日的面容和那恐怖的画面连番出现，吓得他急忙道："开什么玩笑，也不看看地方！"

　　几人之中就数他地位最高，他也一直以老大自居，他一说话，另外三人顿时不吭声了。最后还是他来打圆场，他觉得宋阅的话很有道理，便道："就这样吧，咱们别太难过了，该做什么还是照常去做。早日查出凶手，让顾轩走得安心。"

秦钟抬头瞅他一眼:"斗鸡也照常?"

郑太守正满腹心事,经他这么一提,完全不知道该如何回答:"这……"

"照常,都照常,"一旁的王逸林挤出一个笑来,"我这里不也照常?郑公,您之前说要带我尝尝盛州美食,我可是期盼许久了。"

四人起身出门,唯独宋阅在后头叹了口气,却也迈步跟上了。

太守府中就设有斗鸡台,四人步入院中,外头的喧嚣被四周的屋宇一挡,顿时低了下去。清风携着一丝凉意划过花园中的翠竹,空气里弥漫着草木浓郁的香气。斗鸡台立在高处,面积不大,但稳若磐石。周围没多少观众,就只有郑太守和他的三个友人,外加刚刚来访的刘驰。五人或坐或站,都在对着台上评头论足。

郑太守出战的是"赤驹",身材瘦弱,比秦钟带来的斗鸡小了一圈。"郑公派上这么个对手,莫非是小瞧了我那宝贝?"秦钟傲慢一笑,显然看不上郑太守那只瘦小的赤驹。然而郑太守并不答话,双手交叠搭在腿上,一脸志在必得的神情。

"放!"

随着一声令下,两个仆役一同松手,两只斗鸡顿时厮杀在一处。宋阅对比赛没什么兴趣,环视一圈,锁定了一直默不作声的刘驰。

"哎，你是本县县尉？"

刘驰忙迎上来，恭敬道："正是在下。"

和这四人一比，他官小位卑，又是晚辈，所以一直诚惶诚恐不敢言语。宋阅将他上下打量一番，似乎在思忖这人靠不靠得住。小半晌后，他才问道："顾郎那一案，到底是何人所为？"

"还……还不确定，那人身手不凡，极难找寻，不知是不是已经逃出城外了。"

"当真？"

"那还能有假？"王逸林放下手中的糕饼，插嘴道，"徒手拧断脖子，没点功夫的人谁做得到？"

"王大人说得在理，"刘驰恭维道，"要想瞬息之间得手，手劲不能小，动作也必须迅速，一旦失误就不可能再有机会了。"

宋阅仍有些不服，这时他突然感到脖颈一凉，吓得他一激灵。原来是秦钟神不知鬼不觉地出现在他身后，将一双冰凉的手放在了他的脖子上。

"秦公，你这是何意？！"

宋阅吓得一抖，急忙拽住了对方的胳膊，想要扯开。秦钟恶作剧一般哈哈大笑，答道："你瞧，就这样站在你身后，左手托着你的下巴，右手扶着你的脑袋。然后……左手一推，右手一拧，'咔'的一声——"

他两只手轻轻一动，更把宋阅惊得哇哇怪叫，连连叫他住手。王逸林和刘驰忙围上来阻拦，他才笑着松手道："打个比方而已，我没那个手劲儿，哪拧得下来？"

宋阅惊魂未定地捂着脖子，愤愤地瞪了他一眼："秦公此举大大欠妥，揶揄也不分个时候。"

约莫是宋阅模样太狼狈，王逸林忍不住大笑起来，连旁边伺候的两个丫鬟都偷偷躲着笑。原本一直观战的郑太守也转身过来，困惑地扫他们一眼，问道："怎么，何事如此可笑？"

王逸林笑得差点被糕饼呛住："没什么，秦公和宋郎开了个玩笑，把宋郎吓得差点儿摔地上了。"

"胡说什么，哪有这么夸张！"宋阅气冲冲地回嘴，可能他自己也觉得滑稽，也露出一个笑来，"唉！还是要怪秦公，我正和刘县尉说案子的事呢，他突然就掐住我的脖子。"

秦钟笑嘻嘻地向他认错赔罪，几人继续闲聊，气氛并未有太多改变。正在这时，宋阅却越想越不对劲，刚才秦钟与他的打闹令他心中闪过一个奇怪的念头：纵然是武艺高强之人，拧断顾轩的脖子，顾轩就真的无法反抗？

生死攸关的时刻，至少也会本能地做出反应，比如像自己那样扯开对方的胳膊。但他们都说，顾轩连衣服都整整齐齐，没有半点挣扎的迹象。

这是为何？

宋阅陷入沉思之中。

一转眼到了正午，日头渐热，两只斗鸡却愈战愈勇，迟迟没分出胜负。场上局面已经开始逆转，刚开始赤驹明显处于劣势，如今秦钟的斗鸡渐渐处于下风，被赤驹逼得连番躲闪，连头都抬不起来。

"不对劲儿啊……"秦钟喃喃道，两只手紧紧绞在一起。他的斗鸡是专门驯过的，别说退缩了，打起来从来都是没有半分迟疑，宁愿和对手同归于尽的。郑太守这只赤驹到底学了什么本事，怎么时间越久，越把他的斗鸡吓得仓皇败逃，一点还手之力都没了？

另一边，郑太守悠悠地让丫鬟打着扇子，视线却投向了立在一旁的刘驰。两人相视一笑，郑太守努努嘴指向了自己家的鸡舍，刘驰也眨了眨眼睛，凑过去低声道："这是起效果了。"

"果然乃神物，"郑太守微微点头，"首战告捷，回去重重赏你。"

刘驰一脸谄笑道："多谢多谢。"

两人这番话说得极轻，连一旁伺候的丫鬟都听不清楚。他们这交头接耳的模样被秦钟看在眼里，他就知道郑太守肯定要了什么不入流的手段。

这老滑头。他心里暗骂，目光再回到台上时，自己的斗鸡已被赤驹踩在身下，再也爬不起来了。

"赤驹胜！"

"哈哈，秦公，承让了。"郑太守站起身来，一脸藏不住的自得。

秦钟嘴角挂着冷笑，轻蔑地"哼"了一声道："耍手段而已，有什么可神气的！"

说罢，他也不再多话，气鼓鼓地拂袖走了。剩下几人面面相觑，郑太守摆了摆手，笑道："没事没事，秦公这人就是这脾气，过一阵子就好。"

然而秦钟出了太守府，却没有回到自己的住处，而是再度折返，出现在太守府的侧面。面前是一座矮墙，里头是座花木扶疏的庭院。这会儿郑太守还在斗鸡台那边招待宾客，这边没什么人影。秦钟撑着墙张望了一会儿，突然唤来身边的保镖，让他们把自己托进去。

保镖略显踌躇："老爷，您这是要……"

"闭嘴，照做就是了。"

翻进院中，秦钟凭着记忆，直奔太守的鸡舍。路上可能有人看到他了，他也无心多管，低着头，放轻脚步从鸡舍后门溜了进去。他的目的很简单，就是要弄清楚郑太守究竟对斗鸡做了什么，刚才在大庭广众之下输得窝囊，他怎么可能轻易咽下这口气？

他本以为是饲料的问题，可进了鸡舍，才发现不是这么一回事。左右四顾，一切并无异状。可等他仔细检查时，却突然在墙根发现了一小块白色的脂膏，摸着滑溜溜的，闻起来还有股淡香。

是这个？

他也顾不上许多了，不敢拖延，直接把这东西揣进了袖中，小跑着离开鸡舍。沿着曲曲折折的回廊走了一阵，他回到自己翻墙入内的地方，再度撑着墙面，呼唤保镖接他出去。

这一来一去的工夫，内外两面墙上都留下了他的脚印。他见状暗骂一声，随便擦了两下，左右四顾，远处只有一个卖樱桃的老汉。秦钟心想应该不碍事，没人会注意这些细节的。

何况他又没干什么伤天害理的事情，拿了郑太守那个贼人的东西，算得了什么？

"去医馆里找个大夫，问问这是什么。"他把那块白色的东西交给保镖，嘱咐道，"说话当心点，别让人听出端倪。"

保镖忙不迭地跑出去了，一个多时辰以后才回到客栈复命："老爷，大夫都说不清这是什么东西，其中一个说可能是熏香。"

"熏香？"

"大夫说，南疆传来的迦南香，就是这样一个香块，上头有一层糖霜一样的油脂。不过迦南香是姜黄色的，您这一块是白色，所以大夫也说不清楚。"

秦钟狐疑地把香块接过来，放在鼻前闻了闻，的确是香气氤氲。可这香味相当陌生，闻得久了还生出一种妖冶之感，像一只冰冷的手直接拂过面颊，让人冷不丁打了个寒战。

秦钟陷入沉思，半晌以后才把这东西递给仆役："放进我带来的鸡笼里试试。"

仆役照做了。没想到香块放进去不到一刻钟，整个笼子里的斗鸡犹如疯了一般惨嘶不止，如同看到了极其恐怖的事物。秦钟瞬间明白过来："好你个郑太守，定是在赤驹身上熏了这味道，才把我的斗鸡吓成那副模样！"

他又想了想，觉得这东西既然是一种熏香，恐怕点燃之后才能发挥真正的效力，便吩咐道："拿个火折子来。"

等火折子到手，他用随身携带的刀削下一小块熏香，用火点燃，递给仆役。这一瞬间，那股异香犹如开了闸的洪水，瞬间暴涨开来。太浓了，又稠又酽，仿佛一大团棉花直接塞进人的鼻子，秦钟瞬间觉得两眼发花，眼前的事物天旋地转。香味像是一堵墙一样压过来，让人无法呼吸。

"灭了它……快，灭了它——"秦钟单手撑墙，虚弱地发出呼救声。捧着香碟的仆役更是犹如醉酒一般摇摇摆摆，突然双膝一软，直接栽倒下去。

毕竟他们只掰下了一小块，就这么片刻工夫就燃尽了，香碟里只冒出一股青烟。秦钟和保镖站得比较远，此刻勉强恢复了意识，但仆役已经闭着眼昏迷过去，任他们呼喊摇晃，怎么都醒不过来。

再看笼里的斗鸡，也是一片萎靡。秦钟立刻明白过来，这东西小看不得，恐怕是一种迷药！

"去查……"他揉着昏沉的脑袋，将剩余的脂膏交给了保镖，"跑遍天涯海角也要把这东西的来历查出来！"

当天夜里，酒宴如期举行，秦钟拒绝参加，桌旁只坐着郑太守和两个老友，外加新加入的刘驰。两盏灯笼悬在门外，天边挂着一弯月牙，月光顺着窗棂疏落有致地洒进屋子，被屋内灯火通明的光线一衬，便暗淡了几分。四人照例先缅怀一下故去的顾轩，由郑太守宣布开席。珍馐美馔如流水般端上桌子，觥筹交错，宾客尽欢。

郑太守不禁想，秦钟那个臭脾气不在也好，免得总被他煞风景，好不烦人。

正在这时，鸡舍的方向忽然传来一声惊叫，然后才是仆役的喊声："这是谁干的！"

屋内几人面面相觑，爱鸡如子的郑太守第一个扔下筷子奔了出去。等他跑到地方一看，几个仆役打着灯笼围在一起，见了他都战战兢兢地低着头退开。鸡舍里支离破碎地飘了一地鸡毛，被血一染，更是鲜红得吓人。一只浑身赤红的斗鸡躺在地上，身上一个大窟窿汩汩淌着血水，在地上汇聚成一小摊，反射出森森寒光。

一股浓郁的腥气弥漫在空气里，郑太守打了个寒战，喃喃道："怎么……怎么又死了一只……"

一句话说完，他突然暴起，指着死去的赤驹狂吼："你们怎么看管的，连几只鸡都看不住！都别在我府里待着了！都滚！滚！"

众仆役跪地求饶，他却半分情面也不留。把人轰走以后，一个丫鬟小心翼翼地上前询问赤驹的尸体要怎么办，他暴跳如雷，大吼道："扔了！"

"哎呀，什么事这么生气？"

王逸林听到动静，出来看热闹了，后头跟着宋阅和刘驰。刘驰一见到死去的鸡，和郑太守一样打了个寒战，却一句话都不敢说。王逸林和宋阅都怔了一怔，你眼望我眼，后者打破沉默道："咦，这不是白天那只斗鸡么？谁干的？"

郑太守用力一挥手："不知道！"

刘驰蹲下去翻了翻那只死鸡，蹙眉道："利器所伤。"

"不就死了只鸡嘛，有什么好怕的，"王逸林堆起笑脸，拍了拍郑太守的肩膀，"改日再买一只得了。"

其余几人都不言语，郑太守一副似听非听心事重重的模样，刘驰蹲着检查死鸡，宋阅则站在一旁看。王逸林感觉自己冷了场，又暖暖了两声道："要不把这死鸡拿去炖一锅汤吧，我还没吃过斗鸡哩。"

宋阅没好气地打断他："横死的鸡你也敢吃。"

郑太守闻言猛地抬起头，环视众人一圈后，缓缓道："诸位……有一件事，恐怕不能瞒着你们了。"

"何事？"

他把三人叫回屋中，将前些日子追风被人拧断脖子，接着顾轩也同样被扼死的事情说了出来。宋阅一听大惊失色，连连说"这不可能"，可他看到郑太守那张白得几乎没有血色的脸，顿时觉得再去质疑也完全没有用了。

"郑公的意思是……这是有人刻意为之？"宋阅小心翼翼道。

郑太守只是摇头，视线移向一旁的刘驰。对方同样露出茫然的神情，苦恼道："此事蹊跷，联系上顾大人的案子，让人心生不祥。"

宋阅显得更无措："不是说凶手是身强力壮之人么？"

刘驰则回望郑太守："郑大人，最近您可否惹上什么人？"

郑太守稍显踌躇，停顿小半晌之后才答："应当是没有。"

"瞎说什么，就算是郑公惹上的人，又怎么会牵连到顾郎，"王逸林插话道，这里头只有他仍是一副轻松的模样，脸上照样笑呵呵的，"死了两只鸡你们就大惊小怪，我瞧，死鸡的事，八成是郑公你那些养鸡的奴才干的，与其在这里胡乱猜测，还不如把人带过来审一审，问个清楚。"

郑太守露出苦笑："追风被人掐死的时候，我就审过一遍了，结果什么发现都没有。这帮好吃懒做的奴才，连鸡舍里几时进了人、进的是谁都不知道，更别提找到真凶了。"

刘驰叹了口气："既然如此，还是只能先从原因入手了。"

四人面面相觑，看起来都没有头绪。正当这时，宋阅忽然幽幽地来了一句："话说回来……秦公前几天刚进城的时候，你们见到他没有？"

　　另外几人纷纷摇头。

　　宋阅脸上闪过一丝诡谲，像是不小心知晓了天大的秘密，一副欲言又止的样子。三人被他勾起好奇心，连番追问，他才解释道："我和秦公差不多是一道来的，都住在外头的'闲逸居'，秦公身边居然跟着四五个魁梧的保镖，那阵势可当真是前所未见。我一问，秦公就说路途遥远，道上恐有山贼之流，带几个保镖以防万一。我说：'秦公你又不是押运贡物，何必这么小心翼翼。'他就笑了笑，没答话了。"

　　"我当是什么，"王逸林听后，一脸不屑地摆了摆手，"秦公这样又不是一次两次了，他这人成天担惊受怕的，老觉得有人要报复他。你瞧，他现在随身带着刀哩。而且这又能说明什么，难不成，你觉得顾郎的死是秦公所为？"

　　刘驰也露出将信将疑的神情："宋大人此话，莫非是想让在下调查秦公？"

　　宋阅挠了挠头，尴尬一笑："我也是瞎猜的！瞎猜的！哪能怀疑自己人呢！"

　　说完，他啜了口茶，再抬起脸来时，已是满脸堆笑。

　　他们闲聊起来，郑太守却始终不言，脸色愈发沉闷，过了片刻他才道："先不提顾郎。赤驹的死若是秦钟所为，倒也不是没有可能。"

另外三人登时愣住，王逸林刚嗑了一半的瓜子也掉在地上："郑公，你这是何意？"

郑太守神情有些阴鸷，缓缓道："其实这些年来，我早就怀疑秦钟越来越不把我放在眼里，恐怕是别有二心了。"

众人你眼望我眼，都不知道该怎么接话。这时郑太守又将这几年来秦钟与自己作对的事情说了出来，最后恨恨地将茶杯一放，叹道："我觉着，他一直对我压在他头上有些不满，不管当初在京城也好，现在我来当了太守也好，他这心思一直藏在心里，现在是越来越明显了。"

刘驰怔了怔才道："之前秦大人输了以后立刻不辞而别，莫非是他派人杀了赤驹？"

宋阅却仍是不敢相信："可……可就算秦大人不满郑大人得胜，那也没必要做到这种地步啊。"

王逸林目光一闪，脸上闪过一丝奇异的神色："我倒是想起一件事来，年初上元节会时，我在京城遇见了秦公。他忽然说，那件事已经过去二十年了呢……"

郑太守浑身一震，刘驰也瞬间闭上了嘴，神情古怪。宋阅似乎还没反应过来，疑惑地询问了一句："哪件事？"

王逸林那张肥厚的脸上挤出了一个难看的笑："还能有什么？秦公那会儿还说，要是林大人还在世，如今朝野上下，恐怕又是另一番格局了。"

气氛瞬间僵持，犹如冷风过境，所有人都闭上了嘴。

宋阅脸上有些惊惶，望望这个又望望那个，最后凝视着郑太守，视线里头五味杂陈。郑太守被他盯得浑身不自在，又想装出一副并不在意的模样，他直起腰来活动了几下肩膀，干巴巴地道："都过去了，还提他做什么。"

宋阅唯唯诺诺地开了口："好像秦公一直没释怀，当时也是他一直犹豫……"

郑太守猛一拍案，怒道："都过去了，别再提了！"

众人噤若寒蝉，有好一阵子，谁都不再出声。大厅里面落针可闻，太安静了，静得能听见外头呜呜的风声，深夜的虫鸣，还有看门的仆役打哈欠的声音。宋阅整个人几乎都陷进了椅子里，刘驰坐在角落里不敢开口，王逸林吃东西的动作也停下了。郑太守面色苍白，双手因怒意还有些微微发抖，一旁伺候的丫鬟忙给他端来一杯热茶，他却看也不看，目光直勾勾地盯着远方。

半晌以后，刘驰第一个站起来，恭恭敬敬地鞠了个躬道："实在抱歉，时间不早了，在下先行告退。"

王逸林也站起来，拽拽揉皱的衣摆，干笑道："那我也……"

郑太守却起身拦住了他们，做了个抱歉的手势："被刘县尉一提我才想起来，咱们实在耽搁得太久，外头都宵禁了吧。这时候你们回去不安全，要不在我府中留宿一夜？"

刘驰略显犹豫，王逸林也想拒绝，想说他和宋阅就住在临街的客栈，离这里不过百来丈。可宋阅刚才被几人的一番推理吓得够呛，现在听他这么说，赶紧应道："好好，我赞成，王公和刘县尉你们也不介意吧？"

王逸林想了想，似乎也找不出反对的理由。刘驰也对郑太守笑道："既然如此，那便叨扰了。"

这一晚，郑太守彻夜难眠，脑海中的胡思乱想一刻也没停歇过。他还是让人把黑凤抱来屋里，可现在他却不敢与黑凤对视。他总觉得这只斗鸡英气逼人的眼睛像极了一个人，像谁呢……

莫非真有鬼魂之说？

是那人来报仇了么？

一夜胡思乱想，直到天色半明半暗之时，他才勉强睡了一会儿。清晨到来，天光大亮之后，他被朦胧的晨光晒醒，眼睛干涩不已，怎么都不想起床。院中花树上已传来啁啾鸟鸣，他揉了揉困涩的双眼，从榻上坐起。侍奉他的丫鬟马上从屋外进来，又被他挥挥手赶了出去。

屋内窗明几净，外头是个阴天，暑热稍退，看来是个祥和得让人舒心的日子。想到这里，他胡乱抓了抓已经显出斑白的头发，站起身子："来人——"

那个"啊"字还在口中酝酿着，没来得及发出，外头就传来一阵跌跌撞撞的脚步声。一个仆役惊恐地喊道："老爷，西厢的王大人……王大人他……出事了！"

王逸林倒在榻上，鲜血染湿了被褥，已经半干。他死状凄惨，胸口心脏处正正地露出一道伤痕，深及脏腑，触目惊心。郑太守一进屋就被血腥气呛了个跟头，再见到王逸林的死状更是不知所措。宋阅也被叫喊惊动，赶过来时吓得几乎晕厥。一众仆役也惊慌失措不知道该做什么，有几个稍微冷静一些的已经跑了出去，说是去报官了。

刘驰已在勘查现场，半个时辰后，衙役也一同赶来。

"利器所伤，直接毙命，"仵作验尸后回答，"约莫是黎明前后出的事。"

宋阅从不信佛，这时却蜷缩在一旁什么也不敢看，口中颠三倒四地念着佛号，谁问他话他都不答。郑太守也是瘫软在椅子上，仆役送来了浸过冷水的帕子，他拿来捂着脸，虚弱得好似一个大病不起的老翁。这里唯一还能勉强维持镇静的只有刘驰，身份使然，他只能公事公办。可他刚想开口，郑太守就疲惫地摆了摆手，示意他不要打扰自己。

无奈，刘驰只能先去审问值夜的仆役，可得到的回答相当一致，说昨夜什么都没听见。其中有人说，太守昨夜发火，赶走了不少人，又让手下的人严加守卫鸡舍。所以鸡舍那头灯火通明，人人提高警惕等了一夜，却一无所获。而西厢这头只留了两个小厮和两个丫鬟，丫鬟服侍完王逸林就歇息了，小厮虽在外头守着，但后半夜的时候都迷迷糊糊地睡着了。

"昨天、昨天似乎闻到一股奇异的香气，然后特别困，眼睛都睁不开，只要眼一闭就能睡着，”其中一个小厮道，"真不是我们玩忽职守，我们——定是中了迷药了!"

"哪来的迷药!"刘驰气得跺脚，"你们就是玩忽职守，连个院子都看不住!"

郑太守不在，这几个小厮他也无从发落，便让人带回衙门再审。结果另外两个丫鬟也说，昨日非常困倦，本来早早就该起身为王逸林准备热水洗漱，可她们醒来时，已经日上三竿了。

结果就看见了屋里的惨状。

"莫非真有迷药?"刘驰喃喃道。一屋子的人都这么说，要么他们都是串通好的，要么就是真如他们所言，凶手用了迷香之类的东西。想到这里，他决定自行进屋搜寻。屋里窗户大敞，就算曾经有可疑的气味，也早就被冲散了。丫鬟也说她们府内的规矩就是早上开窗通风，至于有没有什么气味，她们都未曾留意。

屋内摆件不少，都是郑太守平日里收集的珍宝古玩。刘驰怕底下人笨手笨脚碰坏了什么，只自己进去一一查看。东西都在原处，没有被挪动的痕迹，屋子另一侧的窗户也开着，他过去稍稍一推，整个窗页就轻而易举地被拆了下来，下头的空间完全足够一个人钻入。看来这木窗本身就不牢靠，只防君子，防不住小人。

看来基本可以确定凶手是从何处入内了，就是这扇窗户。只是凶手杀了人以后逃去了何方，这还难以推断。正当这时，一个衙役匆匆向他走来，鞠了一躬后道："大人，已经按您的吩咐搜过全院了，凶器一直没找到。"

刘驰点点头："可曾发现可疑之处？"

"西北处临街的矮墙上，有两个脚印。"

"带我去看。"

衙役立刻领命，对他比了一个"请随我来"的手势。两人穿过中庭，快步走到临街的矮墙处。这里是郑府的边界，外头就是人来人往的街道。不远处有家装饰豪华的客栈，旁边是几家铺子，卖的都是玉器、香料之类的上等玩意儿。这一带住的都是达官贵人，寻常卖柴米油盐的铺面很少看到。

矮墙不及一人高，刘驰轻松一跃就探出了大半个身子。脚印似乎被人擦过，但没能擦干净，可见这人要么是不当回事，要么是过于匆忙来不及多管。这会儿街上人还不多，墙边站了个老汉，挑着两筐樱桃在卖。

"喂！"刘驰张口就喊，"你什么时候来这儿的？"

"下了早市就来了！您买樱桃么？"

刘驰默默盘算，早市一般天刚亮就收了，这人恐怕来得挺早。他再问他有没有看见有人从郑府里头出来，对方想了想才答道："好像有哩……又好像没有，俺眼神不大好，好像是有个人翻墙出来来着，昨天下午的事啦。"

一旁的衙役听他说话完全不靠谱，气冲冲道："你敢糊弄官差大人，跟你说刚才，没说昨天！"

老汉急忙摆手，跪地求饶："我是真看不清啊，刚才有没有我真的不知道！要不您问问别人，这附近这么多铺子，总有别人看到。"

衙役没好气地瞪他一眼，郑府的守卫更是想上去赶他走，却被刘驰拦下。刘驰原本一直绷着脸，可后头神情就有些松动了，见他们要去赶走老汉，他直接喝止道："别，把他的樱桃都买了。"

衙役一怔："啊？"

老汉备受感动，拉着刘驰的手说了好几遍多谢，但刘驰脸上似笑非笑，点了点头道："哪有的事，我才应当多谢你。"

送走了老汉，身边却多了两大筐樱桃。衙役不知道该说什么好，守卫也一脸尴尬地站在一旁。看到刘驰要走了，衙役才干笑着恭维道："瞧不出来，您还是个大善人。"

刘驰捡起一颗樱桃，吃了半口就扔了："我也瞧不出来。"

"这是怎么了，垂头丧气的？"

秦钟没多久就找上门来了，看到厅堂里神色灰败的郑太守与宋阅，他还没明白发生了什么："斗鸡输了？"

"你还挺会挑时候来，"郑太守阴沉着脸，冷冷道，"还有这闲工夫开玩笑。"

"究竟怎么了？"秦钟一脸莫名地摊了摊手，环视一圈，他看到宋阅蜷在一旁，嘴里不知道念叨着什么，却唯独不见王逸林，"宋郎昨夜在你这儿住的？那王公呢，怎么不见他？"

他话音刚落，郑太守突然暴起，一个箭步直冲到秦钟面前，粗暴地拽住了他的衣襟："你还有脸问？你还有脸问？！姓秦的，是不是就是你干的，啊？是不是就是你！"

郑太守狂怒的吼声几乎冲破房顶，秦钟的衣襟更是几乎被他扯破。秦钟被他疯狂的举动弄得狼狈不堪，他想挣扎，但自己身材偏瘦，完全难以撼动对方一丝一毫。两人险些扭打起来，郑太守死死拽着秦钟的衣服，秦钟则使劲推他的脸："郑浦明！你到底要干什么！"

宋阅早就被吓得面色苍白，浑身颤抖，根本顾不上理会场上发生的事。其余仆役更不敢上前阻拦，管家急得像热锅上的蚂蚁，围着两人一圈一圈地打转，口中慌道："二位老爷，不要冲动！二位老爷！二位老爷！"

没人搭理他，郑太守与秦钟纠缠在一起，就像两只陷入胶着的斗鸡，谁也无法制服对方。最后两人都乏了，年纪放在这儿，僵持不了多久就浑身无力，气喘吁吁。郑太守首先松开了对方，秦钟马上连退三步，攥着被抠破的衣领道："郑浦明，你这个疯子！"

这时宋阅才顾得上解释道："王公……被人杀了，就在西厢。"

秦钟浑身一颤："到底怎么回事？！"

宋阅揉着心口，这才哆哆嗦嗦地把事情说了。他说得颠三倒四，东一句西一句，但秦钟还是听明白了大概。

"怎么会……怎么会这样……"

宋阅讷讷道："而且，昨日一模一样的死法，还死了一只斗鸡……郑公说，前些日子顾郎过世的时候，也有一只同样死法的斗鸡。"

秦钟目瞪口呆，嘴巴张了半天才颤声道："这是……这是什么意思？"

此时此刻，稍有些安静的郑太守，又像疯了一般一跃而起："姓秦的，昨日输给了我——不、不，你无数次输给我，是不是已经怀恨在心？！你从来不肯服我，从来不肯——"

"这与我何干！"秦钟一跃而起，"我与你多年老友，到底是谁不把我放在眼里？！"

"那顾郎为什么死了，王公为什么死了！我们五人彼此知根知底，也没有仇家，唯独只有——"

秦钟像是想到什么，浑身一震，没有说话。郑太守气得发抖："你还说什么'林大人若是在世'……"

秦钟一时语塞，底气好像也不那么足了，片刻以后才鼓足气势大嚷道："那都多少年前的事了！林大人早就死了，我们一同害死的，难不成你以为我要替他翻盘不成？！"

"说什么你们，嘘——嘘——"宋阅也吓住了，"噌"一下蹿了起来，忙要去捂秦钟的嘴，"隔墙有耳！隔墙有耳！"

见三人这副鸡飞狗跳的架势，所有人都不敢言语了，识相的仆役早就溜了出去，管家缩在门口，好似在极力地降低自己的存在感。被宋阅这么一提醒，郑太守和秦钟都瞬间沉默下来，大眼瞪小眼，胸膛因激烈的情绪而起起伏伏。一时间屋内安静得落针可闻，只剩下他们粗重的喘息声。

这时，管家声音突然横插进了三人中间："刘大人，您回来了！"

三人一同转头，只见刘驰站在门口，面色犹豫，似乎不知道自己应不应当入内。此时此刻，郑太守掐了掐鼻梁上方，泄了气般长叹一声，疲惫道："进来吧刘县尉，案子查清楚没？"

三人恢复了平静，似乎刚才什么也没有发生。他们各自找地方坐下，刘驰把西厢破损的窗户、外头矮墙上的脚印这两个证据告诉了郑太守，又说自己已经去外面问过了，但当时天色昏沉，没有人看到逃出去的人影。

"外头只有一间客栈还在营业，其他地方都没有人，"刘驰道，"就是附近最豪华的那间客栈，'闲逸居'。"

宋阅愈发惶恐地攥着手："闲逸居？这……这不就是我们前几日所住的那间客栈？"

郑太守立刻投去询问的视线："你们？"

"城里最好的住所就是那儿了，若不是昨日郑公您邀我和……住在郑府，我们还住在那儿呢。"

刘驰听完，转念一想，犹疑着问："那现在是不是只有秦大人还住在里面？"

三人皆是一愣，秦钟第一个反应过来，顿时对刘驰怒目而视："你什么意思，怀疑我?!"

刘驰急忙低头赔罪："不敢，不敢！"

郑太守则冷冷看着秦钟："秦公，刘驰是本地县尉，办过不少案子的。他不过例行公事地询问一番，你不必太担心。"

秦钟只冷哼了一声："年纪轻轻，能办多少案，我瞧着也是靠你才坐上这个位置。"

刘驰干笑两声，也没有否认，只转了话题道："另外，凶器一直找不到。"

"没用的东西。"秦钟瞟他一眼。

另外几人开始交头接耳，有意无意不让秦钟参与。秦钟也不想搭理他们，说要去看看现场，直接起身往里走，在仆役的引领下进了王逸林过世的西厢。这里面的尸体还没来得及搬走，他一进去就被血腥味呛了个喷嚏。本来想调查一番，可王逸林的死状太过可怖，他的视线刚好和对方空洞的双眼对了个正着，顿时觉得毛骨悚然，吓得急忙退后几步。这一退，他无意中撞倒了椅子，直接被绊了一跤。跟进来的郑太守见状冷冷露出一个笑，鄙夷道："秦公，就你这个胆量，还是别学着刘县尉查案了，难怪随时带着刀，怕是心里有鬼吧。"

"闭嘴!"

秦钟慌慌张张地站起来,手一动,忽然在墙根处摸到了一个冰凉的东西。他侧身回望,发现是一小块白色的膏状物,无比眼熟。另一边郑太守还在对他冷嘲热讽,他早就顾不得理会了,心里头一瞬间闪过无数个纷乱的念头,最后他猛地将那东西攥在手里,飞快地藏了起来。

郑太守发觉有异,蹙眉道:"怎么了?"

"没什么,"秦钟急于掩饰,直接快步出了门,"我去别处看看。"

巳时刚过,天空愈发阴沉,接着雨点子就噼里啪啦地打了下来。一场阵雨说下就下,没多久就打起了雷。屋内瞬间阴暗不少,丫鬟点起了灯,又小心翼翼地给郑太守倒了茶。管家看郑太守心情烦闷,走上前去试探道:"要不,小的把那黑凤再给您抱来?"

郑太守摆摆手,他现在谁也不想见,连黑凤都无法安慰他慌乱的内心。见管家要退下了,他才缓缓抬起头,沙哑着嗓子问道:"鸡舍里还好么?"

"一切都好,一切都好。"管家忙不迭道。

郑太守的语调死气沉沉:"没再死鸡么?"

管家急忙摆手:"没有没有,现在里三层外三层都是守卫,看得仔仔细细的呢。"

郑太守"嗯"了一声:"一会儿请几个和尚来,念念经，做场法事，驱邪。"

外头雨越下越大，闪电接二连三地划破天空，犹如一条条银龙嘶吼不止。秦钟在外面心事重重地转了许久，他心里已经有了一个可怕的猜测，刚才发现的膏状物，分明和鸡舍里的迷药如出一辙，如果他的推断没错的话，凶手只会是那个人……

看来他必须留在这里，住上一晚，以便于继续调查。回去和郑太守一说，对方也同意了。下午，太守府里四处都响起诵经之声。郑太守这几天饱受惊吓，此刻犯了头风，一直拿冰袋捂着头。就这么一会儿，他好像突然苍老了几岁，不但全身软绵绵地瘫在椅子里，脑袋还担惊受怕地左右四顾，好似随时都能跳出一个杀手置他于死地似的。

傍晚时分，雨依旧未停，还有愈下愈大之势。窗外朦胧一片，犹如起了白雾，在狂风中左摇右晃飘摇不止。郑太守的心也犹如这雨幕，被大风吹得歪歪倒倒，支离破碎。恐惧、担忧、愤怒挤在一处，分不清谁是谁。好几次，他闭起眼，全身像被抽干了力气似的瘫软在靠背椅里，口中下意识地喃喃道："人心散了……"

他想了个法子，暂时支开了秦钟，然后把宋阅和刘驰一同叫到屋内谈话。刘驰一看他这架势就明白过来，立刻压低嗓音道："秦钟的确住在通宁道那间客栈内，他的保镖也在。以在下所见，那保镖身材魁梧，拧断一个人的脖子完全不成问题。"

宋阅反而露出狐疑的表情，讷讷道："可是……再怎么魁梧的人，顾郎也会反抗不是？可你们说，顾郎身上完全没有挣扎的痕迹。"

"这又说不好的，"郑太守道，"而且，我瞧秦钟一直带着一把刀，搞不好那就是杀了王公的凶器。"

刘驰则摇了摇头："在下检查过他的佩刀，上面光亮如新，并没有血迹。"

郑太守见怪不怪地哼了一声："都过去快一天了，再多的血迹都被擦干净了吧。"

宋阅还是难以置信的模样，看看这个，看看那个，张口结舌说不出话来。小半晌后，他才讷讷地开了口："凶器……真的是秦大人那里的么？"

"府内里三层外三层都翻遍了，没有。肯定是凶犯带着凶器跑了，"郑太守道，"他是最有可能的，专挑我们几个下手，不图财只害命，显然是旧时仇怨。"

刘驰恭维道："郑大人果然心思缜密，能想到这一层。"

这时，屋外忽然有人敲门。管家带着一个仆役走了进来，冲郑太守欠了欠身道："老爷，他有事向您汇报。"

郑太守略显不耐烦："何事？"

仆役小心翼翼地开了口，说之前斗鸡结束以后，他曾经看到秦钟一个人鬼鬼祟祟地朝鸡舍走去。郑太守听完险些跳起来，其余几人也露出惊异的表情："此话当真？！"

"千、千真万确！小的之前看到秦大人离开，没想到过了不久他又回来了。小的以为他有东西忘了取，就没上去问……"

郑太守挥挥手斥退了下人，猛一拍案，噌地站起："好你个秦钟，果然是你！"

宋阅却依然在犹豫："郑公你未免偏激了，秦公与你不和是不假，我觉得他仅仅是想与你斗个高下，没到这地步啊……"宋阅迷惑地望着郑太守，"我们这么多年交情了，他也不至于——"

"他至于！"郑太守猛一拍案，新仇旧怨堆在一起，令他烦躁不安，"他肯定还在为林骧的事情愤愤不平，找我们报仇来了！"

"林骧！"宋阅浑身一颤，这个几十年来他们不肯再提的名字，犹如一个阴魂不散的恶鬼，吓得他哆哆嗦嗦连话都不敢再说。

刘驰顿了一顿才道："二位大人，在下只知道有位'林大人'，你们都不愿提及。如今这案情与他有关，在下不得不问一问了，当初究竟发生过何事？"

宋阅只顾着摇头，整个人的力气如同一瞬间耗空了，他脸色苍白，好似面前就飘着一个即将索他性命的鬼魂一般。郑太守并不比他好多少，勉强鼓起一丝勇气，缓缓开了口。

"十多年前，我们都还在京中……"

这就打开了话匣。

郑太守还没当上太守的时候，是个整日不务正业的公子哥。他是宗室，虽出了五服，但身份放在这里，从来没有人敢惹他。他父母亲属都有权有势，于是不少人巴结不到他的亲属，只能从他这里下手。许多年轻的贡生都愿意与他结交，从而谋得一官半职，这其中就包括宋阅他们一行。

宋阅与顾轩是同乡，秦钟与林骧也是同乡，王逸林则是后来认识的。他们一同来参加京考，其中林骧的成绩最为优异，是榜首的候选，秦钟次之，宋阅与王逸林则成绩平平，顾轩更是基本已经放弃，就等着落榜回家了。所以顾轩一到京城，就开始拿着家里给的盘缠吃喝玩乐，不再理会温习之事。他玩着玩着，就听人提到了郑太守——也就是当时的郑公子。

顾轩就开始打歪主意，考上已经没什么指望了，不如巴结巴结那位郑公子，没准儿还能谋点差事。他回去一说，宋阅和王逸林都拍案叫好，秦钟也有几分好奇。可林骧这人一贯心高气傲，平日里最看不起好吃懒做的顾轩，听到他这个主意，顿时嗤之以鼻。

顾轩也一直恶心林骧的做派，嫌他假清高，两人谈不和，他顿时气冲冲道："呸，你就挑灯苦读去吧，到时候别来求我们！"

于是顾轩开始与宋阅和王逸林谋划起来，秦钟偶尔参与，但林骧从来没理会过他们。一开始他们就写些诗文之类的托人递给郑公子，想得到他的赏识。然而没多久他们发现，这郑公子是个声色犬马之徒，只好玩乐，尤其喜欢斗鸡。这就更好办了，他们天天去笙歌燕舞之地与他一同寻欢作乐，去斗鸡台与他一同观赏斗鸡，久而久之，这帮臭味相投的人就厮混到了一起。

后来，秦钟也受不住诱惑，跟着同去，林骧就被一点点疏远了。他心性高傲，自命不凡，此时愈发笃定自己与这帮人不是同等货色，于是更加不与他们为伍。直至京考放榜以后，林骧毫无悬念地拔得头筹，除了他和秦钟，其他人都落了榜。然而他们完全不介意，都被郑公子打通了关系，有了一官半职。

林骧为此愤愤不平，因为顾轩常来他面前显摆，更是被他数落了无数难听的话。久而久之，这些话传到郑公子耳里，梁子就结下了。后来他们同朝为官，官职相当，摩擦就越来越多。林骧越是摆出一副清高模样，就越被顾轩、宋阅等人耻笑。他又从来不肯放低姿态，更不懂大丈夫能屈能伸之道，在官场上走得磕磕绊绊，始终郁郁不得志。

眼看着顾轩等人如鱼得水，林骧又急又气，终于与他们大吵了一架，彻底分道扬镳。顾轩等人气不过，回到郑公子这里煽风点火，而郑公子也对林骧有些不满，于是他们几个谋划，要好好教训教训这人。

参与的人，自然就是顾轩、宋阅和王逸林，秦钟虽然知道，但正好林骧当时占着他上头的一个位置，于是他一开始阻拦了两句，后来犹豫了，索性假装不知，只当什么也没发生过。

林骧被嫁祸了一桩大案，丢了官职，全家人一同被流放边疆。然而顾轩他们还觉得不够，郑公子也怀着看好戏一般的心态，想法子托人在林骧的食物里下了毒。林骧死了，大快人心，然而内心还是有一丝莫名其妙的情愫在作对，他们绝对不会承认那是一种叫作懊悔的东西。

毕竟林骧罪不至死？

呸，谁让他狗眼看人低呢。

然而随着年岁的增大，他们却越来越不愿提及这事。秦钟毕竟与林骧是同乡，后来愈发后悔，连带着对郑太守他们也没了好脸色。如今顾轩同郑太守一同来到盛州，其余人还在京中，尤其秦钟，位置越爬越高，现在与郑太守旗鼓相当。

"仔细想想，秦钟就是那时候渐渐疏远我的，"郑太守叹道，"下毒的时候他不知道，等他知道以后，跑来我这里撒了一通野。啧，真是当了婊子还立牌坊。"

"您不必太操心，就交给我来办，"刘驰上来作了一揖，"我已将您府上仆从暂时撤下，换上我手下的衙役，不论谁是凶手，保证他被里三层外三层团团包围，插翅难飞。"

死马当作活马医吧。郑太守心想，口中道："好，就按你说的办。"

入夜以后，太守府里的仆从果然都被撤下了，换上了全副武装的衙役。秦钟却在这时离开房间，再度回到王逸林遇害的地方。房内还维持着早上的阴凉，棺木已经买来，就停在角落之中。屋里阴风阵阵，令人心生不安。秦钟快步环视了一圈，四周的一切果然如刘驰所说的完全一样。

然而出门以后，他却顿住脚步。雨虽然大，但回廊都修了屋檐，雨水绝对不会流进其中。但秦钟却在回廊与屋墙相连的角落，发现了一摊诡异的水渍，巴掌来大。他蹲下去仔细一看，发现里头有血。

这是怎么回事？

秦钟陷入困惑，外头的雨水不可能进来，那这摊水一定是人为的。里头有血，又在凶案现场附近，就说明和王逸林一案相关。可按时间推测，如果是当时留下来的痕迹，没理由到现在还没干。那就是后来留下来的？为什么？

秦钟想了许久，隐约觉得自己捕捉到了什么。等回到大堂看见宋阅心事重重地喝着一碗甘草凉水，突然令他全身一震。这么热的天，莫非是——

冰！

他面色惊诧，身躯僵直犹如遭到雷劈。原来如此，原来如此……他懂了，难怪凶器一直找不到，太守府里就修着冰窖，冰块随手可得。到时候直接把冰块削成冰刃，杀了王逸林后，再丢至一旁。炎炎夏日，冰块会很快融化，难以寻觅。

凶器找不到了，这里所有人又都知道自己随身带刀。到时候，他再伙同那个县尉，嫁祸自己杀了王逸林。哼，他早就计划好了吧，难怪千方百计和自己作对，好你个郑太守，郑浦明，如意算盘打得真是精妙，可惜骗不过我秦钟。

不过……他为何要害顾轩和王逸林？

罢了，那是他们的事……如今该怎么做才好？他环顾四周，心如擂鼓，咚咚跳个不停。正在这时，他听到门"吱嘎"一响，好像有人走了进来。

"谁？"

莫非是郑太守回来清理现场！？

他回过身去，可眼前黑影一晃，他就什么都不知道了。

入夜以后，雨已经渐渐停了，地上的积水反射出灯笼的亮光，犹如一双双金黄色的眼。亥时前后，一队由五人组成的衙役小队在行至鸡舍附近时，突然发现一望无际的黑暗中，有一道模模糊糊的人影一晃而过。

"谁在哪里？！"

人影瞬间就消失了，衙役们对视一眼，拔足追击。绕过曲曲折折的回廊之后，他们没抓到那人，却和正从另一边赶来的刘驰打了个照面。

"头儿，刚才有人跑过！"

刘驰点点头，表示他也看到了，正追过来："是从鸡舍那头出来的，你们来三个人跟我追击，其余人去鸡舍！"

"是！"

夜色昏沉，天上无星无月，堆积着层层云雾。四人虽打着灯笼，这微弱的灯光却穿不透浓重的黑暗，数丈外的路面依然漆黑一片。他们穿过几段回廊，绕过一座巨石垒成的假山，刘驰已越走越快，将其余三人甩在后头。这三人虽然奋力追赶，但仍然比不过对方的脚力。快步跑过一座横在水潭上的九曲桥后，他们发现刘驰的背影在前头的月洞门下一闪即没，再也寻不着了。

"我看见他了！你们快点！"

刘驰的声音远远传来。

三人一溜小跑，却怎么都找不到刘驰的去向。这下他们心中有些慌了，担心刘大人不是那可疑之人的对手。正当这时，他们听到刘驰一声大喝："你做什么！"

接着，一声惨叫划破了夜晚的安宁，犹如一瓢清水倒进了滚烫的热油里，整个太守府瞬间炸了锅。惶急的脚步声响成一片，郑太守一个箭步夺门而出，看见所有衙役都朝着声音发出的方向狂奔而去。

是后院！

"出什么事了！"郑太守大声嚷嚷，谁也回答不了他。旁边的宋阅一面系着腰带一面跑出来，两人对视一眼，然后一同望向周围。刘驰和秦钟怎么不在？他们一瞬间就慌了。

赶到后院，正好看到刘驰被两个衙役搀扶着，跌跌撞撞地倚墙站好。他浑身透湿，不住地发抖，脑袋都被磕破了，一旁是一口水井。看到郑太守他们赶过来，一个衙役赶紧叫道："我们追着一个可疑人影过来，县尉大人就被他推进井了！还好发现得及时！"

刘驰仍在呛水，一张脸苍白得像纸。郑太守像是突然醒悟了什么，抢来一盏灯笼提到井口一看，幽深的水面上，果然浮着一只淹死的斗鸡。

"他……本来想杀我的，"刘驰虚弱地喘着气说，脚下一软，险些跌坐在地，"我追着他过来，看见他往井里扔了什么。然后等我走到井边时，我……我看见了里头的斗鸡……这时他忽然冲了出来，直接把我推了下去……"

郑太守转头一看，井边摔破了一盏灯笼，显然是事发突然，从刘驰手中滑落的。刚才救人的衙役也凑上来道："刚才我们都在院子外头，正要进来，突然听见刘大人大声问那人在做什么，接着一声落水的巨响，等我们赶到的时候，刘大人都晕过去了，再晚一步怕就出人命了。"

刘驰又呛咳起来，一旁的宋阅赶紧帮他顺了顺气："是谁干的，你看见了么？"

"没、没有……我的头碰到了井沿，然后就什么都不知道了。"刘驰艰难道。

"秦钟人呢！"郑太守怒气冲冲地大嚷起来，"他跑哪里去了！"

守卫有些委屈："我们按您的吩咐，分出两人跟着他了。"

"那他们两个呢？！"

"不……不知……"

"废物！"

宋阅站在一旁，眼神无助地瞟来瞟去，眼眶中竟然再度泛起泪花："我这是造了什么孽啊……凭什么……凭什么遇到这种事！"

他的咆哮又被刘驰的咳嗽打断了。刘驰体力不支，咳得无比凄惨，仿佛没多久就会直接晕厥。郑太守心烦意乱，感觉一颗心憋得都要爆炸了，巴不得一人扇一巴掌让他们统统闭嘴。他几乎是用尽平生最强的意志力，忍下了几乎撕裂胸膛的愤怒，咬牙切齿道："刘县尉，你先回去疗伤。宋郎，你也回去。"

接着，他转向在场的衙役，爆发一般扯着嗓子号叫道："去找！把秦钟那厮给我找出来！"

然而太守府之大，一时半会儿搜不完。明明还是三伏天，却冷得像掉进了冰窟窿里。郑太守站在井边，接二连三的事态将他吓得不轻。刘驰回去休息了，衙役们有发现都直接来找他汇报，这时又跑过来一人，冲他道："大人！我们按照刘县尉的吩咐，将秦大人的鞋底与外面墙上的脚印比对，完全一致！"

郑太守顿时一激灵："当真如此?!"

衙役点了点头。郑太守顿时一跺脚，骂道："那你们还傻站着干什么！抓秦钟啊！"

"是、是！"

可秦钟就像凭空蒸发一般，彻底消失了。郑太守吓得浑身哆嗦，好似秦钟就埋伏在暗处，随时都能冲上来取他性命一般。

他赶紧找衙役要来一把佩刀，死死攥在手里防身。等他跌跌撞撞回到屋中时，只看见自己的床上又放着一只鲜血淋漓的死鸡，脖子被割断了，鸡头正对着自己的方向。另一旁，拴着铁链的黑风冷冷地睥睨着这一切，看到郑太守过来，也只是发出了一声近似嘲讽的鸣叫。

就在这时，"簌"的一声轻响，郑太守身边的灯笼被风吹灭了，瞬间就把他抛进了彻头彻尾的黑暗之中。一种令人不寒而栗的感觉沿着脊椎缓缓升起，犹如一道阴风萦绕不去。郑太守开始发抖，双手合不拢，额头渗出冷汗。漆黑的环境里只剩下他自己沉重的呼吸声，所有的镇定都是强装出来的，他很怕，怕得要死。他觉得有人要来了，来杀自己了。是秦钟，或者是林骧，化作一个厉鬼，正飘荡在身边，看他的笑话。

正在这念头出现的这一刻，他突然暴起，指着黑洞洞的窗子大骂道："有种滚出来！滚出来啊！"

"秦钟！滚出来！"

"你以为我不知道你在哪里，你这没脸没皮的卑鄙小人，有种滚出来跟老子较量，偷偷摸摸像什么话！"

"林骧死了！他早就死了！你们别想骗我，他已经死透了！"

远处的衙役被他吓得不敢吱声，以为他着了魔了，疯疯癫癫早已不像个正常人。郑太守狂吼了一刻钟，无人回应，只有冰冷的夜风继续在身边打转。他嗓子哑了，喊不动了，浑身像被抽干了力气。这时他突然听见脚步声，如同一个幽魂，轻轻飘飘出现在了他的门口。

接着门被敲响了。

郑太守握紧了手中的刀刃，感觉手心里全是湿漉漉一层汗。来了，是来杀自己的了，怎能轻易如他所愿？他肯定想不到自己手里有武器，必须先发制人，让他尝尝自己的厉害——

门被推开的一瞬，他挥刀刺了上去！

"啊——"

鲜血四溅，一个人直挺挺地倒了下去，是宋阅！

他还有气，刀刃似乎没扎到要害。郑太守嘶嘶地喘着粗气，慌乱的脑子里似乎闪过几分清明。外头冲进来几个人，还有宋阅身边的小厮，他目瞪口呆地望着郑太守，一连说了好几个"你"，终于吐出一句话："你为什么要杀宋大人？大人是来找你商量事情的——你为什么要杀他？！"

郑太守茫然四顾，在场有许多人，有他家里的仆人，有值夜的衙役。他开始使劲吞咽口水，像在努力组织语言做出解释，又好像是无话可说。他的脸苍白得像一个死人，神情疯癫而绝望，几乎每一个人都发自内心地相信——郑太守疯了！

他这模样，活脱脱就是一个疯子！

宋阅被抬走包扎，郑太守脚一软，颓然垮在了门口的门槛上，两手抱头，状若癫狂。他抬起头，看见天色混沌一片，层层叠叠的云就像堆在一起的破棉絮，还隐隐泛出一丝红光，犹如一个人的狞笑。

秦钟？秦钟！

都是他害的，都是他害的——

可秦钟不见了，再也没出现过。郑太守就在这里胆战心惊地蜷缩了整整一夜。黎明时分，原本说伤情并不严重的宋阅，却突然有人来汇报道："宋大人死了！"

他死了——

犹如无数个惊雷在耳朵里炸响，郑太守完全做不出反应。为什么？怎么可能？

"不是我！不是我！"郑太守怎么都不肯相信，"我没伤到要害，不是我干的！是别人害了他！是秦钟！是秦钟啊！"

然而大家有目共睹，都不肯相信。秦钟不知道上哪里去了，刘驰这会儿才姗姗来迟。他一看到屋内的景象就明白过来，茫然地望向郑太守："这……这该如何是好？"

郑太守仍在吼叫、谩骂，却无人响应。所有人都看见他刺伤了宋阅，这是板上钉钉的事了。他已无法申辩，最后只能嘶哑着嗓子，犹如浑身失去力量一般喃喃道："埋了他，把事情压下去……都压下去……什么都别查了，这个案子结束了。"

"大人！大人！事情查清楚了！"

等秦钟的保镖快马加鞭跑回城内时，却找不到秦钟在何处。他回到客栈，发现秦钟的仆役都在，唯独不见他们老爷本人。

"老爷呢？"

"老爷不见好几天了，现在到处都在找呢！"那仆役道，"你查清楚什么了？"

"就是那块白色的熏香！"保镖抹了一把脸上的汗，解释道，"我跑了大老远，一直跑到邻镇，才有一个年逾七十的老药师认出了这东西。这是'狸膏'！"

"什么膏？"

"狸膏，许多爱玩斗鸡的人都用。就是南疆一种树的汁液，结块以后会散发异香，让斗鸡仿佛看到狸猫一般惊惶不已。然而它还同时是一种迷药，如果点燃，便能散发出奇异的香气，让初次闻到它的人全身瘫软，倒地不起。"

"噢？"仆役似乎并不太关心，随口应付道，"所以呢？"

"秦大人不是一直在查顾大人的案子嘛，你们说，顾大人是不是被狸膏迷晕以后，再被人掐死的？"

这仆役歪了歪头，阴恻恻笑了："还查什么顾大人，都何年何月的旧事了。你知不知道，王大人死了，宋大人死了，现在案子稀里糊涂结束了，听说宋大人是郑太守杀的，所以他再也不敢查喽。"

"啊？怎么回事？"

"我哪知道，现在郑府里愁云惨雾的，郑太守一天叫嚣着要把我们老爷找出来和他对峙。可我们老爷也不见了，唉，这都算是个什么事啊……"

转眼便是数日过去，郑太守却彻底过上了担惊受怕的生活。他害怕被抓，也害怕秦钟会来杀他。他明知道前几个案子的真凶不是自己，但他却不敢再查，只能这样日复一日地生活在焦躁和不安之中。每个夜晚，他都噩梦不断，总是会梦见这几日每个人惨死的模样。他的头风越来越厉害了，甚至连脑子都时而清醒时而糊涂，犹如一个真正的疯子，惶惶不可终日。

常来与他相聚的朋友，如今也只剩下了刘驰一个人。后来刘驰出现的次数也变少了，秦钟更是如人间蒸发一般。他时时在想：人生无常，真犹如荒唐一梦，才一个月过去，什么都变了。

三伏天结束了，炎热的夏季就只剩个尾巴，秋天要来了。直到这一天，这个一切都被颠覆的日子。郑太守刚刚用过晚饭，又把黑凤抱来自己腿上，爱怜地捋着它油亮的羽毛。外头的秋风一阵比一阵寒冷，成群的秋蝉发出低哑的鸣叫，更让人背生寒意。

郑太守听着凄惨的蝉鸣，起了一身鸡皮疙瘩，只好逃似的去街上散步。本来好端端地坐在轿子上，他却突然看到有一群人围在河岸上窃窃私语，间或一两个词传过来，说的都是"死人了""好几天了"这样的话。出于好奇，他让仆役搀扶着他过去看了一眼，这一眼就成了他心中的梦魇——

河面上漂着一个死人，正是秦钟。他的身上绑着一只同样死去的斗鸡，尸首已经腐烂发臭了，爬满了苍蝇，令人作呕。

正当他发出惨叫，眼前天旋地转的时刻，管家一面大叫一面跌跌撞撞地从远处跑来："老爷！不好了！鸡舍的斗鸡、鸡舍的斗鸡——"

"把话说清楚！"

"死了、死了一大批——"

"什么?!"

这几日他连斗鸡都不玩了，更是许久没去过鸡舍，可怎么会，怎么会——

他跑回家中，只见一直拴在屋里的黑凤突然发出了一声惨叫，接着倒地不起，浑身抽搐。很快，黑凤不动了，一股黑血从它的喉咙里溢出，蛇一般蜿蜒了一地。郑太守倒退数步，只见那鸡头不偏不倚地对着他的双眼，一动不动，像个死而复生的鬼魂。

郑太守被关入大牢的时候，刘驰已经走了。

没人知道他的存在，人们只知道有一封书信出现在大理寺，里头是一张写满了郑太守罪行的状纸。上面每一条都是刘驰多年来从郑太守处收集到的证据：徇私舞弊、嫁祸同僚、玩忽职守，甚至侵吞府库钱财中饱私囊……

此案连同太守本人在内，一共牵涉了数十人，绝大多数都是他的亲戚与同僚。民间纷纷传言，事发当晚太守府内有大量斗鸡离奇死亡，而在本案中被处死之人的数量，恰好和死去的斗鸡数目完全一致。

而刘驰却不知何时辞去了官职，此刻骑着一匹瘦马，悠悠地行走在去往南疆的官道上。这一路的风景似曾相识，他记起第一次看到它时，自己还是个身高只够扒在马车窗沿的孩童，他一面探头探脑，一面回头与家人说话。

娘，我们要去哪里？娘，为什么不住在京城了？娘，为什么爹爹不见了？

然而母亲始终以泪洗面，说不出一句话。

到了南疆不久，母亲受不了这里的酷热与瘴气，病逝了。他被这里的一户刘姓人家收养，对方摸摸他的脑袋，柔声道："从今天起，你就不姓林了。"

刘驰听话地点了点头。

凶　宅 / 冥灵

明末年间，福建有一位赵姓书生，在城郊买了一座大宅。

大宅内湖、庭院，戏台、祠堂一应俱全，但是荒废多年，因有闹鬼的传言，所以售价极其低廉。

赵生自称圣人书籍可避鬼，而他八字又重，因此毫无顾虑地住了进去。

此处人迹罕至，是一个读书的清净场所。

赵生带着两个老家仆在此地住了一年，无论白天还是黑夜，经常在庭院里听到孩子们嬉笑，在厨房里听到孩子们哭泣，但是不见有鬼魂作怪。

赵生对老仆说，恐怕就是一些狐狸在此居住，不足为怪。这么过了一年，竟然相安无事。

第二年春天，赵生的舅舅一家在故乡遭了灾，逃难投奔到他这里，一家人有老有少住了进来，宅子足够宽敞，又剩着许多家具，每个人都分配到了不错的房间，因此特别满意。

但是住下后，这家的小孩们开始夜夜哭泣，年纪越小的越是严重。家里请了收惊婆来，但是情况没有变好，反而更加严重。赵生对家人说，这是狐狸在作怪，古书上记载，只要对狐族恭敬相待，便能平安无事。家中便设了供台与狐仙牌位，供奉食物与瓜果，希望求得孩子们夜晚安宁，但是毫无作用。

人们到厨房做饭，或是上厕所，常常看到有小孩子在门口招手，面容或笑或哭，都是男孩子。人们渐渐疑心这些都不是狐狸，而是鬼。但因为经济条件有限，他们也没有办法另外购买到田宅生活，只能硬着头皮居住下去。

赵生舅舅家中有一位后生，十七八的年纪，平常素有拈花惹草的习性。不知道怎么的，从自己床下的土地中悄悄挖出了一个石匣，匣中有金数锭，他并未告诉家人，独自贪了钱财到城中妓院挥霍享乐。

在此期间，赵生家的妇女也在夜晚做怪梦，梦见一个长得高大粗壮的僧人来与她们交合，女性成员无一不被其奸淫。有个年轻美丽的女孩晚上开始夜游，几度欲投井，好在都被家人救了回来。家人问她何故要投井，她说井底有漂亮的女子招她去，说可教她成仙。

家人们愈发感到可怖，于是商量筹钱请高人来做法事捉鬼。

这时那名后生被人抬了回来，他被人打成重伤，阳具也被割去了。问了送他回来的百姓才知道，这名后生到妓院中寻欢作乐，交了金子给老鸨，老鸨用锦衣玉食和最美的花魁招待他，想不到那金子在几日后化成了粪土。老鸨恼怒，把他痛打后赶出妓院，并派人动了私刑，割除了他的阳具。他流血倒在街头，百姓见他可怜，问了他的住处，便将他送了回来。

家人们问百姓，这座大宅早年间到底是何人所住，百姓说只知道是很久以前，京城一位告老还乡的高姓大官所住，因为荒废了太久，他们这一辈也不知道具体的事情，只知道这座宅院不祥，劝他们早点搬走。

家人们答谢了百姓，只能先为这后生请医生疗伤。

后生失去了阳具，像是受到了严重的打击，虽然命保住了，但神志却不清楚，一直胡言乱语，面露狰狞之色。这时家里的孩童忽然不再夜哭，而是个个脸色发青，面露惧色。又过了一日，家中的孩童开始失踪，找遍整座宅院也找不着。

于是家人守夜，到了半夜的时候，忽然发现厨房升起了炊烟，传来肉香，家人寻去，发现灶里有火，灶上的铁锅里炖着一锅来历不明的肉，再看灶边有小孩子的衣服、首饰与头发。又听井边传来磨刀声，家人手持火把寻去，发现是发了疯的后生正在井口汲水磨刀。众人叫他名字，他挥刀狂舞，追砍家人。

这一夜，赵家所有人逃出大宅，反锁宅门。

一想到家中发生如此恐怖的事情，而失踪的孩童恐怕已经被那后生煮了吃了，一家老少便在门口放声悲哭。

哭完也没有解决的方法，天又快黑了，一家人只能赶到城中去找旅店投宿。

第二天赵家人便在城中打听有没有修行高的僧人与道士，可去宅中捉鬼。但是听说他们的经历后，城中竟没有任何人能够相助，无奈之下，他们只能告到官府，求官府帮忙。

官爷也是胆小怕事之人，不知道该如何处理。

赵家人在官府中哭哭啼啼，好不凄凉。师爷便说愿意帮忙查阅旧籍，看一看这屋子最早归属于谁。而衙役中有一个缉捕说道，他是屠夫的孩子，小时候不知道在屠宰场被什么血溅了眼睛，因此开了天眼，能看一些事，不如趁着天亮阳气正旺的时候，他带着手下一道去那宅院里查看一下，若是遇到那个发狂的后生，也能把他制服送医。

官爷便派他与五名衙役，跟着赵生一道回到大宅。

他们走到大宅门口是下午日头正烈的时候，发现门口站着一个盲眼的僧人，一手托钵，一手执竹杖，像是一个远行而来的行脚僧。他在宅门口站立不动。

赵生与缉捕便上前问他在这里做什么。

盲眼僧说，他一路化缘经过这里，忽然听到这里传来冲天的哭声，都是小孩子和女子的哭声，这样大的哀怨之气，不知道这座宅子里到底有什么东西。

缉捕说，我们也正要进去查案子，你要不要与我们同往？你身为僧人持个咒念个经，可以为我们化解一下怨气。

盲眼僧说，我听宅里的哭声极其悲惨，想来是死时受了极苦与冤屈的人，我不念镇魔驱魔的经文去震吓它们，而是念救度苦难的《金刚经》吧，希望鬼魂听到《金刚经》的时候能够情绪平稳，不会加害于人。

缉捕说可以，大家便一道开门入内。

缉捕走在最前方，一跨进这个屋子便吓了一跳。他轻轻对身后的人说，这里有许多男童，一个个身穿血衣，七窍流血地慢慢走动，因为听到《金刚经》，渐渐朝他们的方向聚拢过来。

其他人看不见，环顾左右，只见到空无一人的庭院，因为赵家人在逃走时撞翻了不少东西，所以满地狼藉。

盲眼僧说，你不必害怕，继续往前走，它们既然是为了经文而来，渐渐会跟在我的身后，我就走在最后面带着它们，不会伤害到你们。

缉捕听了盲眼僧的话，便壮起胆子往前走去，果然看见血衣男童们都陆续往盲眼僧身后走去，围绕在最后。缉捕以为血衣男童也就眼前十几个，可是一个个房间往里走，所见男童越来越多，不止是七窍流血，还有缺手少腿各种残疾的恐怖形状，聚拢起来，渐渐竟有百八十人之多。

缉捕虽然不知道他们是何原因死在此地，但是看着心酸，于是一边走一边默默落下眼泪来。其他人跟在他身后都不知道他哭泣的原因。后来他们走到井边，发现赵家后生大概因为发狂乱跑乱撞，把下体的伤口挣开，流血不止而亡，尸体面朝地躺着，菜刀落在一边。

赵生见他惨死，不由得一阵悲哭。

缉捕看向井口，忽然发现从井里伸出一个女人的手臂，手里拿着红色的丝帕朝他挥舞。缉捕急忙来到僧人身边，告诉他那井里有古怪。僧人走到井边，用自己手中的竹杖朝井里探了一探，忽然对几个衙役说道：你们来把这口井里的水打出来，打空的时候也许能看到里面有什么。

一名衙役说道：这可是井，井底水源源不断，怎么会打得完？

缉捕也心生疑惑，但是看到井里女子的手忽然去拽水桶上拴着的绳索，似乎也在请他们打水，缉捕便不再犹豫，而是叫衙役们一道取木桶来打水。半个时辰不到，井水便被汲空。他们点燃了火把拴在绳索上降到井底一看，井竟非常深，井底非常宽阔，像是洞穴一般，井底有一只昂头朝上的黑色大石龟，在石龟四周全是骷髅，还有闪闪发亮的女人的珠宝首饰。

缉捕亲自往下看的时候，则看到有许多女人在井底蜷缩着，抬头朝他流泪哀哭。

盲眼僧摇了摇头说道：这并不是我能超度的，还需要更强的修行者才可以。

这时忽然有人在他们身后痴痴发笑，他们转头一看，发现刚才守着后生尸体在哭的赵生，此时像是中了邪一般，一脸傻笑，身体僵硬地看着他们，一边笑一边问：谁让你们到我的宅子里来？

一边问一边朝他们走来，身体并不是平稳前进，而是像在波涛里左摇右晃，一点点挪动过来。

几个衙役害怕得腿都软了，只有缉捕胆子最大，他捡起地上一块石头，绕到赵生身后将他击晕。随即也不敢再看别的什么了，只是叫衙役兄弟们一道扛上赵生和后生的尸体，带着盲眼僧一道跑出了这座大宅。

他们将宅门重新锁上，然后一道返回城中。缉捕问盲眼僧那些孩童有没有跟来。

盲眼僧说，那些孩童都被困在他们死去的地方，哪里也不能去，所以没有一个跟他们出来。

他们回到城中，到官府里向官爷禀报。此时刚刚黄昏时分。

赵家人看到后生的尸体与昏迷的赵生痛哭不止。

师爷这时已经查到了旧年的户籍，上前禀报说道，这座大宅，在嘉靖年间，是告老还乡的高姓太监出资所建，他就在这座大宅里养老，直到寿终正寝。据说当时这座大宅规模宏大，用度奢华，但是在高姓太监死后便出现闹鬼的事情，高姓太监没有后人继承将宅，奴仆们也因为闹鬼而一一散去，渐渐便成了空宅，荒废多年。

盲眼僧说，请查一查同年间，城中是否有大量丢失小孩子的事情发生。

师爷查阅旧籍回复道：那一年大旱，城中虽然勉强有水度日，但是城外村郊却有许多农民因为饥饿而卖儿卖女，那年此类事情很多，恐怕无法查明。

缉捕又问：那再请查一查同年间，城中是否有大量走失妇女的事情发生。

师爷查阅案宗后回复道：那年没有这类事情，直到万历年间本城才发生女子走失的事情，大都是年轻妓女，老鸨们也曾经纷纷来报案。但是因为当时朝廷腐败，让官家办事需要耗费大量钱财，与其寻人，不如重新买女子来调教，因此此事也不了了之。后来隔几年也发生过几桩类似的事情，皆无后文。

盲眼僧说道：宅中事是鬼事，井中事是妖事。鬼事让人知悉，必是要请人帮忙超度冤魂。妖事虽让我们知道，但驱妖须得是法力高强之人，非我能力所及。请官爷叫城中僧人与我一同在白天时到那座大宅前焚香烧纸念颂《金刚经》，超度那些童鬼，能度走一位往生便是一位，也算是为官爷你积一点阴德。

官爷听说能为自己积阴德，自然答应了此事。

缉捕说道，这宅子既然是高姓太监的，又是在他死后闹起鬼怪，恐怕此事与他脱不了关系。高人一时半会儿请不到，但他们可以到高姓太监的墓地里去看一看，说不定在他下葬的地方藏有什么信息，会与宅子中的事情有关。

因为是嘉靖年间得势的太监，但是告老还乡后在本城无亲无故，也没人管他的事情，官爷不怕受到什么有权有势的人责罚，便答应缉捕，让他和几个衙役一起去开棺验尸。

于是到了第二天，赵家人仍在城中，盲眼僧带着一众僧人前往大宅门口办法事念经文，缉捕一行则去寻找高姓太监的坟墓，掘开墓地，打开棺材，看高姓太监是否留下什么线索。

缉捕一行人成功找到高姓太监的石棺，掘开一看，高姓太监的尸体身披五彩锦缎，陪葬物品多得像是贵族一般，但尸体已经腐朽成骨，在尸首所枕的玉石上，发现有书卷一册。衙役中也有识字之人，打开书卷一念，发现是一篇药方，此药方写的是古时复生阳物之方，说是土以土补，木以木补，人以人补，因此食人即可补人。倘若是失去阳物的男子，可以烹饪男童，吃他们的肉与肝脏，吃他们的身体精髓，则精液又能充满，阳物也能复生，直到能与妇女交合生子为止。

高姓太监的尸体已经腐烂，无法验证他食用此方是否成功，但是他并无后人继承家业，想来是失败了。但是回想那宅中的亡童之灵有百八十人之多，恐怕这高姓太监在生前是不断吃人，只为了让自己阳物重生。

缉捕与众衙役将此事分析清楚后不由得大怒，他们也不愿再等回复过官爷后处置，只留下书卷回去复命。除此以外的金银珠宝一件不拿，全都留在石棺中，然后取了油来，将高姓阉人的坟墓里里外外浇透，一把火烧了这恶人的坟墓。

火焰熊熊燃烧时，高姓阉人的尸骨忽然从石棺中惊坐起，牙齿咯咯颤动发声，但是立即被大火吞没，亦不能作怪。见尸骨烧成灰烬后，缉捕一行人回到官府中复命。官爷虽然听到坟墓中财宝被毁很是惋惜，但是见到这记录古方的书卷也觉得高姓阉人的行为令人发指，便没有责备缉捕等人。

缉捕又去郊外大宅找盲眼僧。盲眼僧同他说，他们一众僧人一早来到这里，念经多时，但是只听见宅院里有孩童的哭声，却不见他们出来，直到方才一个时辰左右的时间，听见里面陆续有孩童的脚步声传来，一个一个慢慢排队走到做法事这里，跟着一起念颂金刚经，然后渐渐离开了宅子远去，宅院中男童的哭声才渐渐消去。

缉捕便将他们在高姓阉人坟墓处发现的事情告诉了盲眼僧，盲眼僧叹息说道：恐怕当年因为大旱而卖出的男童，都被收到了这里，成了高姓太监的盘中之物，死无全尸，又被高姓太监的戾气所困，求生不能，往生也不得。直到高姓太监的尸骨被销毁，他们才有机会离开大宅，进入轮回之中，实在是可怜。

缉捕说道：那如今这些男童已经被超度，井中那些女子又该如何处理？

盲眼僧说：那井中的石龟恐怕是因为凶宅中的阴气凝聚成精，只有毁掉石龟，才能让那些女子解脱。但是毁坏妖精的道行，只有修行更深的人才可以做到。凭他们贸然行事，恐怕只会惹祸上身。如今超度完男童们，也只好继续反锁大宅，不让人进入，再另想办法。

众人听到此言也无良策，只能照此进行。

众人散去。缉捕请盲眼僧到自己家用食与留宿。盲眼僧拒绝了，独自走到城中化缘，讨得几口吃的，在桥边凉亭中打坐休息。

半夜，盲眼僧梦见一个又高又粗壮的僧人到凉亭来找他。

那僧人道：你是和尚，我也是和尚，我们是同修，你为何要与我过不去？

盲眼僧回答：我修行的是佛道，你修行的是妖魔道，我们岂会是同修。

妖僧冷笑道：看来你已经知道我是谁，你管我的闲事，将我的底细透露给凡人，就不怕我报复你吗？

盲眼僧平静地回答：这件事我已经做了，不曾后悔。

妖僧说道：如今明朝气数已尽，天下必将大乱，高人隐世自保，绝不会有人到这座小城来帮助你们。谁扰我好事，我必不会饶他。你若现在向我叩头认错，即刻离城，我便放你一条生路。

盲眼僧自知并非妖僧的对手，不再做任何回应，也未向他求饶，而是低头默默念起《楞严经》来。《楞严经》是破魔宝典，持咒者可于此正法得正知正见、正信正解、正修正悟，而不被种种邪魔外道所诳惑、破坏。

妖僧见他不知好歹，顿时生了杀心，原地兴起黑风，将整座凉亭包围起来。

等到第二天，衙役们得到百姓消息而来，发现盲眼僧已经死去，身体还是打坐的姿势，坐在凉亭内，全身僵硬，没了呼吸。全城百姓都知道此僧是因为冒犯了城郊大宅中的妖怪而死，竟没有人敢为盲眼僧收尸。只有缉捕一人扛着盲眼僧的尸体到墓地中埋葬。

百姓们冷眼而视，不愿惹麻烦。缉捕因此心寒，也害怕妖魔的报复，当天就辞去了工作，带着全家老少搬回遥远的老家去生活。赵家人也在不久后搬离了。

自此后，城中女子被奸淫的事情屡有发生，既有烟花女子，也有良家妇女，但百姓敢怒不敢言。明朝末年，天下大乱，四处是恶兵流寇，民生艰难，妖魔横行更是肆无忌惮。

时间一晃过了二十年，已经不再是明朝的天下。

缉捕也已经变成了一位老人，待世道太平一些，他随村庄里几个五六十的老人，驾驴车到城中用粮食换一些东西回家。途中经过郊外高宅，那大宅已经被经过的恶匪与流寇所毁，从断墙便能看到宅内的破屋烂瓦，值钱的东西早被洗劫一空，带不走的则被付之一炬。

缉捕心想恶鬼也怕恶人，当年的凶宅到今天也不过是一片废墟。

他心中正如此想着，忽然看见有人站在大宅门口，再定睛一看，竟是当年那个盲眼的行脚僧人，还是当初的打扮与年纪，丝毫没有变化。

缉捕心说，这盲眼僧二十年前是我亲手埋葬的，怎么今天会出现在这里？

再一想，恐怕是白日见鬼，自己所见的是那盲眼僧人的幽魂。

缉捕便请同伴们将车停一停，自己走到盲眼僧身边。

盲眼僧说：我在这里等了你二十年，二十年前你我联手清除了这里的鬼祟，二十年后不知道你是否还愿意与我联手清除这里的妖孽？

缉捕笑着说道：二十年前，我不是什么高人，二十年后，我也不是高人，只是一个老人。你也早就为此丧命，今天你我怎么能有把握除掉宅子里的井妖？

盲眼僧说道：我生前被肉身所累，不能看到真相。我死时持《楞严经》，此咒令我的灵魂更加坚定，更有法力。但是我尚需要活人帮忙，并且是能看到我灵魂指引的人帮忙，这个人除了你再没有别人。只是不知道过了二十年后，你是否还有一腔热忱，愿意为人间荡尽妖魔。

缉捕笑着挥了挥手说道：二十年前，我们为了这座宅子受尽冷眼，这二十年来，我看尽了人间沧桑，乱世离乱，好不容易日子过得好些了，又回到这里。我先不与你说什么，让我先去抽上一袋烟吧。

说着，缉捕回到同伴之间，一边抽烟，一边把二十年前在这里发生的事情同他们说了起来。最后说道：我也活了一把年纪，世上除了这袋子烟，没有什么放不下的。这宅子虽然破败成这样，但可能依然很凶险，我不愿拖累你们，你们就早点赶路回村，同我的家人带句话。我要是能回来便回来，不能回来也就不用再来找我了。

缉捕说罢，回到盲眼僧的身边。

盲眼僧朝他点了点头，带他一道走进宅子。荒芜的宅子里长满了藤蔓与野草，道路几乎被隐没。

缉捕问：我们这是要去哪里？

盲眼僧说道：古时这里有恶龙成灾，龙性最淫，四处奸淫妇女，人们找到恶龙的巢穴，发现了恶龙所寄身的石龟，人们以大禹的方法刻碑镇在龟背之上。后来高姓太监在此处兴建大宅，挖井时遇到石碑，竟将石碑截断搬走。井底出水，洗尽地沙，露出石龟与巢穴，恶龙因此解禁，重新祸乱人间。如今只要找到石碑，重新镇到石龟身上，堵住井口，便能再次镇住恶龙。

缉捕问：那石碑如今在何处？

盲眼僧说：不曾被挪到别处，就在这座宅子里，做成了庭廊前的一块踏脚石。

盲眼僧将缉捕引到了那个地方。缉捕扯开杂草与藤蔓，看着横在地上的一块大石头无奈地说道：别说我现在是一个老人，就算在我年轻的时候，凭我一人也举不起这块石碑。如今你已经找到了治那妖孽的方法，可惜我还是帮不到你。

盲眼僧说道：你不用慌张，你且试着去抬一抬，我们自然会帮你。

缉捕莫名，不知道除了盲眼僧之外还会有谁来帮忙。但是既然决定出手就姑且一试，他弯下腰去，双手握住大石碑的边沿。那大石碑被做成踏脚石后，牢牢嵌在墙砖之中，他连一根撬棍都没有，根本不可能将它搬动。

这时盲眼僧也弯下腰来帮他一起抬石碑，四处杂草丛生的地面忽然冒出一颗颗小小的头颅，随即一个个男童从土壤里爬了出来，来到他们身边，伸出一双双小手与他们一道抬动石碑。

缉捕只觉得之前纹丝不动的石碑，忽然轻得像是一块木板，凭他的力量也能扛起，于是牢牢抓着石碑。男童们伸手将石碑举在头顶，与缉捕、盲眼僧一道将它抬到井边。

盲眼僧说道：二十年来，除了已经往生的男童，剩下还有五十七名男童徘徊在阴间等待轮回，他们感激你的恩德，愿意回来帮助你。你是屠夫之子，菩萨曾寄在牛身上向牲畜说法，你的父亲杀害了那头牛，牛血泼溅在你的眼上，让你开了天眼，也给了你一层庇护，否则以你原本的能力并不能烧掉那高姓太监的尸骨。只能说冥冥之间一切自有定数，你虽不是修行的高人，却能做解除鬼祟的事情。

话音刚落，大宅上空忽然风起云涌，一时间黑云密布，暴雨滂沱。一道道闪电击打在大树与藤蔓之上，焦烟灼灼，十分可怖。

缉捕心中不由惧怕，只听盲眼僧说道：不必怕他，如今已是太平天下，它若作乱，上达天听，只会为它招来灾难。

见盲眼僧与男童们都坚定如初，缉捕也就鼓起勇气，将石碑抬到井边。井底涌起黑水，如油一般沸腾着。井底传来妖龙的狞笑声与女子们凄厉的哭声。

盲眼僧从怀中取出他当年手持的陶钵，轻轻在井水中一舀，竟然将黑水一下舀空，露出井底石龟。盲眼僧又取出他当年手执的竹杖，往井底一刺，竹杖竟像铁矛一般牢牢钉在石龟背上，井底传来妖龙的惨叫声。

盲眼僧说道：就是此刻了。

男童们将石碑抬起，竖着扔到井底。

当年石碑被取出，后造的井口，井口原比石碑狭小，但石碑被做成踏脚石时，四边被打磨过，刚好留下了镇妖的碑文，面朝下所置，经年累月，碑文面嵌在另一块石阶上，不曾被人的鞋底所打磨掉，此刻依旧存有效力。

石碑朝下一扔，刚好穿过井口，笔直地掉落到石龟背上，那根竹杖深深钉入石碑中心，将它与龟背牢牢钉在一起。

就在这时，大宅上空的黑云瞬间消散，雷电也不再作乱。

男童们伸手推动井口，用井口砖石填了下去。井很深，依然差很多才能填满，男童们咯咯笑着，从四处拔来藤蔓往井底送，井底出现百十双女子的粉嫩手臂，抓住藤蔓往下扯，转眼藤蔓、泥土与枝条将深井填满。

缉捕在一旁看着啧啧称奇，忍不住对盲眼僧道：我只以为世上唯有修行的高人可以除妖驱魔，想不到有善心或是受了冤屈的鬼也能做到这样厉害的事情。

盲眼僧道：世间事皆有定数，无论是人是妖是鬼，邪恶至极，自有去除它的方法。无须高人，唯是人间正气使然。

缉捕点了点头。

盲眼僧又道：这件事由你我一起完成，也是有始有终。你快回去吧，你的伙伴还在门口等你。

缉捕非常纳闷，走到大宅门口一瞧，他的同伴坐在驴车上抽着烟在等待。他走到他们面前问：不是说很危险，叫你们快离开吗？

同伴们说道：虽然不能帮你，但是看在同乡情分上还是愿意等一等你。我们商量了一下，若是抽完这锅烟你不出来，我们便走了。可是这烟丝才烧到一半，你便回来了。

缉捕一听特别奇怪，他随盲眼僧进去搬那石碑，道路艰难，找路与搬碑，少说也有小半天的工夫，怎么半锅烟丝的时间都不到就出来了。

缉捕问：方才滂沱大雨，你们也不避一避？

同伴们面面相觑，不知道他在说什么。大宅外头一直是艳阳高照，天上连一丝云彩都没有。

缉捕心想，如盲眼僧所说，恐怕今天是那妖龙的定数到了。又或许在这二十年内，盲眼僧作为僧鬼也在不断修行，法力高强，能将大宅内的妖事解决。

在同伴催促之下，缉捕坐上了驴车，车子渐渐前行。透过残破的砖墙看宅子里头，荒凉如初，一丝人迹都没有，盲眼僧与男童们皆已不知去向。

一切静悄悄的，仿佛什么事都没有发生过。

缉捕心中很遗憾，方才没有同盲眼僧说一声再见。

只是世上遗憾事十有八九，这也算不上什么。

他便随同伴们一起慢悠悠地离开了。

禹门坊怪谈之鹑火宅 / 佟 婕

楔 子

江西吉水县曾公，讳濯文，字德员，少即聪慧，十九岁考中乡举，后入京会考，中第三等同进士，天恩遂诏命委派到粤西端州为官，于是举家迁至任上。

公性耿直，不趋炎附势，生前卓有清名，故死得崇祀乡贤，葬于禹门坊东一里之乐善亭下，墓前有二石人及一马像。

百年倏忽过隙，曾氏在本地已开枝散叶，传至六代。

近却忽有曾公墓之奇事传闻流出——

是年正是春三月时，夜中月明星稀。

"渔家！渔家！"

"能行个方便渡江吗？"

江岸上有两个人一齐招手呼唤。

捕鱼人陈三与堂弟陈大头撑着自家渔船，撒网夜捕于乐善亭一带水域。

起初陈三并不想理会，然而岸上人似乎着急："渔家，我等有事过江，愿出双倍价钱！"

他堂弟陈大头听见不由心动，便催促陈三靠岸。

陈三也觉何乐不为，便收网返回。夜色朦胧中，只见是两个身量不高的人，手上并无行李，不像赶远路的。

看船靠近乐善亭下小码头，其中一个有点站立不稳道："唉，真是喝醉了。"

陈三闻到一股酒味，也没在意，看另一个搀着那人跨步上甲板时，却觉船身陡然下沉，伸手向船边一探，果真吃水极深，便奇怪嘀咕一句："你俩竟然这么重？"

没喝醉的人又催："我等有急事过江到青萝山。"

陈三勉强将双桨杵离岸边，陈大头想过去指引他们进舱稍坐，喝醉的那个身子却左右摇晃不定，陈大头还来不及上前去扶，那人竟"扑通"一声倒身跌入江水中。

"吓？"陈大头吓了一跳，陈三也抽桨过来朝水里喊："快抓住船桨，我拉你上来！"

但水面"咕咚、咕咚"冒几下泡泡，落水的人没有挣扎，好像径直就沉下去了。

"哎？"陈三惊异莫名，望向另一个人时，借着依稀月光，只觉那人似乎对自己一笑，同时身体也侧去，毫无征兆就堕入江水。

"哥，我下去救人。"陈大头看起来略胖，平素憨憨的，想不到关键时刻竟不由分说便跳下船去，陈三再想阻止也来不及了。但还好，毕竟这里刚离岸没二丈远，水并不深，陈大头站在水里，水面及胸而已。

他潜下去伸手捞摸一番，奇怪道："哥！没人啊？"

"啊……"陈三也蒙了，伸木桨，"快，快上来。"

"不对啊，我再找找。"陈大头又沉下去，再次上来时，手里吃力地托着个物件："哥，水里只有两大块石头……"

"扔掉，扔掉！快上来！"陈三只觉得恐怖异常。

两个人凭空就这么不见了……

陈三偕大头上岸，二人下船时甫一抬头，清朗月光正白茫茫一片洒在乐善亭下曾公墓前，陈三晃了一眼觉得哪里不对劲，大头也站着迟疑。两个人上岸喘了几口气，大头还盯着墓看，突然他结结巴巴道："哥……墓前面那对石人怎么没了？"

这件事第二天就传遍当地。附近的人们联合起来到陈三他们指点的地方去捞，果然水中捞起的就是曾公墓前的石人。

而更奇的是，曾公墓前摆有酒壶及瓜果杯箸，正是前一天外地来此办事的亲族前来祭奠后留下的祭品。陈三和陈大头描述说二人上船后有酒气，且左右摇晃作喝醉状，莫非这怪事竟是石人成精喝酒而引发的？

无独有偶，石人落水后的第三天夜里，在乐善亭附近堤上的庆来客栈，这天一个姓张的旅客独身寄宿在此，睡至半夜，忽然有人开门径直走入。张某惊讶坐起，慌乱之中吹亮火折点起床头油灯，才看清是个面目清秀的十六七岁少年立在屋中不动。

张某以为是店里小厮："深更半夜的有什么事？"

少年却恭敬作揖："小子姓谈，小字青艾，七日前随家人坐船途经本地，不知那船家竟是盗匪，竟趁夜色无人，将我与爹娘勒死推入江中。我已身死，幸得乐善亭下曾公派出石人来救，只是父母沉溺，我一家三口俱尸漂无踪。我虽得曾公神魂相救，但欲做长远打算，还须请人报官，将我家三人尸首寻到，贼人落网，才可瞑目。"

少年说话间，张某床头的油灯影影绰绰，待听明白少年的话时，张某已经吓得如堕冰潭，无奈全身不能动弹。直至少年转身，那大开的房门外，陡然"扑棱棱"冲进一个暗影，定睛看时却是只黑鸟，钩喙尖长，体型比一般雀鸟要大，进门径直撞翻了他床头的灯，火星溅到床头蚊帐，眼看就要着火，他赶紧顺手拿枕头去拍打几下，火光才熄灭……长吁一口气，差点酿成大患，但回头去看时，那房门却如先前一般紧闭，关得好好的，而黑鸟在屋中找不到去路，发出"哇哇哇"的怪异尖叫并四处乱撞。他惊惶得抱头惨叫出声，惊动阖间客栈的人，此事第二天也同样迅速传扬开来……

夜 火

"咚咚咚咚——咚咚咚咚——"

围墙之外，远远传来江面龙舟试水的鼓点。

清雾似的月色布满青砖地上，曾小玉无聊地抱膝坐在天井中，家中静悄悄的。

姐姐曾韶乐前一天就被城里的大姑婆家接去了，据说要住上十天半月。而爹娘，则应邀去了西江上游封州的亲戚家，母亲的大外甥新任封州县主簿，所以请亲族去饮宴同喜，而小玉原本是要跟去的，却因为着了些五月的暑毒，脖颈出疹、背心发热，只能被留在家里。

"哎!"曾小玉把脸埋到臂弯里。

"咚咚咚……"

突然间她觉得烦躁起来，虽说过两日就到端午赛龙舟，但这些人还要连夜在江上练划吗?

"小小姐，香茅水煲好了，去洗吧?"呼唤她的是王婶。因近日家中没人，所以管事的王婶就留宿曾家内院陪伴小玉。

小玉赌气不动。

"一更天，天要黑，不落雨，阿公啊举锄去掘芋，二更天，月上东，遇了龙尾天烧红……"似乎是几个孩童边跑边唱。

"嗯?"小玉抬起头,侧耳倾听。

"小小姐?水要冻了,趁热洗……"王婶近前催促。

"嘘,王婶,你听到有人唱歌吗?"小玉把手指放到嘴边,做出噤声的手势。

"唱什么?"

"有人在唱'天要黑,不落雨……'"小玉小声学着哼几句,"这么晚也有人在外面玩?我要上天台看看!"说着她就起身要往身后台阶上跑。

"哎!小小姐……不行!"王婶想拉住她,但小玉像泥鳅一样侧身就从王婶的手边溜过去了。

二楼顶上搭了个花棚架子,底下用竹梯子连接,站在上头,就是坊间民居最高处。

小玉驾轻就熟地攀了上去。

"哎……"

恍惚像梦境中的情景,江上低垂的弦月,几乎剪破江堤的朦胧屋脊,细碎喧哗的矮小身影穿梭其间,手提闪闪烁烁光点,是竹篾、彩纸撑起各色的灯笼,无忧无虑的嗓音唱出陌生的童谣。

难道龙舟试水,江边也会开夏夜集市?

曾小玉看得怔住了。

"铛铛铛铛——"

等小玉反应过来,才发觉视野中的另一端,有处异样红光直冲上天——

"走水啦！走水啦！"

紧接着有人敲锣大喊。

禹门坊中阡陌相连的窗户，次第亮起。

梯下的王婶也听出不对，冲小玉喊问："小小姐，看到什么了？走……走水了？"

就在禹门坊的东南角上，莫名燃起的大火瞬间如浇油般蹿起数丈高，远望去就如火树银花。

江堤另一端的提灯孩童的歌声停顿了，想来也看到火光吓住了，转而无声地踟蹰后退，但其中一个略高的身影好像被火树吸引，反倒三步并作两步跑过去看。虽然隔得很远，但那夜火中薄薄的青影，有些眼熟。

曾小玉看得失神，好半晌才晓得回应王婶的话："哦，是啊，着火了……"

有人呼救，但"噼啪"作响的木梁爆裂，随即崩塌掀起尘土，将一切掩埋下去。

那个青影也倏忽不见。

——出事的火宅，正是禹门坊二巷陈三家。

就是夜捕遇到曾公墓前石人过河的那个陈三。

清晨，人们在余烬中清理出二大一小的焦炭人形。陈家三口人，陈三和媳妇以及四岁的幼子尽数毙命屋中。

大家唏嘘痛心之下都觉奇怪，在初起火时，如果陈三知觉立刻带着家人逃出，应该不会来不及啊？但周围邻里也说，起火后虽听到屋中陈三的呼喊，但想要去救时，房梁瞬即就崩塌了，房梁怎会这么短时间就断？莫非房梁被白蚁蛀空？而屋中的人也许又想收拾几件细软，前后一耽搁，便酿成惨祸？

官府派人来带走尸体，典史则将邻居逐一探问。关于案发前后的见闻，都回说那火是突发起的，当时江上还有坊间的壮丁们在练划龙舟，哎？对了！坊间确实来了一些外人，就是那帮跳月人杂耍戏班子！

昨夜很多人都能听到跳月人的孩子在江堤上唱歌，咳！这些人偏就是晦气！上一年，也是这端午节时，崇天塔出事前，本地大户骆家老爷出钱请他们来塔下跳戏，祭奠过去建塔时因事故横死的匠人，谁知连演七日，也没见好，又死了更多的人。虽然查出是当时任上王知县派人所为，但……总之跳月人出现皆不会有好事！

骆小玉喜欢听阿端吹笛。

午间下小雨的时候，屋檐落下断线的水珠，细碎敲打在青石板上。

他的笛声时而若溪水叮咚，时而又低落流去，像风雨敲碎的草叶，汇进砖中隙的泥土。

这个叫阿端的少年，去年就曾见过，仍是冷僻疏离的神气，大半张脸隐没在斗笠和蓑衣中，坐在外院的草顶凉亭下，拿一支横笛练习，吹的曲调呜咽，应该是招魂引渡的跳月歌吧……

骆小玉跟着曾是跳月人的姨娘来到外院，竟被这笛声吸引，立在檐下不知何时停住步，也忘记自己究竟听了有多久……

直到姨娘的手搭在她肩上轻摇一下："小玉？"

"嗯？哦，姨娘。"骆小玉陡然惊醒。

"我和爹说着话，回头才发现你不见了？"姨娘看看小玉，眼光又瞥向那吹笛的少年，"阿端吹的曲子好听？"

"呃……是啊。"骆小玉禁不住脸"唰"地涨红，讪讪地点头，"只是，觉得曲子凄凉……"

"阿端啊……是个苦命孩子，尚在襁褓中爹娘就没了，所以性子冷清，我爹又只有我哥一个儿子，留下阿端这棵独苗，一心要他将来继承戏班，因此自小磨炼就十分严苛……今年十五，比你只大个一岁，却跟个老成的大人似的。"姨娘有些无奈地莞尔。

"哦……"骆小玉一时无言以对。

就在这时，大院门外突然闯进几个人，定睛看却是提着铐锁的皂隶。

为首一个站定便大声喝问："跳月人阿端何在？"

笛声戛然而止。

坐在那的阿端站起身，面色是意外的冷静，走过来几步："我就是。"

"哦？"皂隶上下打量一番，"昨夜好几人看到你提着灯火在出事的陈三家附近出现，陈三家三口人被烧死……

所以你就跟咱到衙门去一趟吧。"

"哎？怎的又要带走阿端？"几个听到声讯的跳月人都
冲出来，护在阿端周边，"去年来这，你们就差点诬陷阿端
杀了人，怎么今年又来？"

皂隶倒仍是去年那几个差人，只得好言解释："因为有
人看到他，给典史的记录上落了案供，我等也只能照章办
事，并不是针对你等。若真无为非作歹事，发问清楚自然
也就放回的。"

小玉的姨娘这时从袖中取出银袋倒出一把钱，走过去
塞到差人们手中，口中则催促："阿端没做歹事，去也不
怕，只愿几位差爷担待些，一点茶钱但求笑纳，只是别叫
孩子吃什么苦头。"

众人这才不争执，一边进去通知老班主，一边皂隶们
收了钱，也就不铐阿端，只叫他跟着去便是。

夜 探

坊间有那多事之人将陈三夜渡石人，以及庆来客栈落
水鬼现身前后联系起来，觉得陈三家出事也不无意外的巧
合。衙门来人仔细查验那大半烧成灰烬的房屋，只是房梁
也已破碎，根本看不出什么遗留。左邻右舍的人描述说，
当时火势竟邪门的猛烈，五月初天气阴湿，不时下雨，火
种本不易燃，而且就算燃着屋里的普通物件，也不至于飞

快就能蹿上屋顶，还把房梁烧断。然而当时的火光以及断裂的巨响，是大家都看得到并听得见的。陈三在屋里呼喊，有人想去帮忙，拍打屋门他却又迟迟不来打开，他家的四下窗户也全闩得死紧。

火烧熊熊时，在外面拼命想要救陈三的，就是堂弟陈大头。他赶到时，从邻人手里夺过斧头，一边劈门，一边哭喊："三哥！三哥！你开门啊？"

然而一切都迟了……

也有人暗地里去寻过街头的算命先生，是否本地近期流年不利有什么风水灾厄，算命先生的话讳莫如深："岂不知端阳毒月，即是鹑火落地？前日庆来客栈有人见黑鸟扑火，就是应验此兆。这看似意外，实则天地气数也……"

算命先生的话大多让人不懂，但有人还是暗自庆幸，至少这邪火并没有波及邻里房屋。

但说回头，那禹门坊临江的二巷居民，当时都看到跳月人的孩子在江堤提灯行走，尤其那阿端，陈三家着火后，许多人都见他站在离屋只有数丈外的堤上，对火宅不作声地望了许久。

"不是这样的，小玉。"骆小玉拉着曾小玉的手摇晃。

"什么？"曾小玉面前摆着艾草、菖蒲、苍术、白芷等几匣中药，正在做端午节佩戴的药香囊，"小玉，你喜欢艾草香重一点，还是菖蒲香重一点？"

"我是说，那个阿端，"骆小玉叹一口气，"我听姨娘说，阿端的爹娘，就是被山火烧死的……据说那时候他才两岁，长大些知道爹娘去世的缘故后，看到哪里着火了就会一直看着发呆……"

"嗯。"曾小玉点点头。

"就'嗯'？"骆小玉诧异地伸手捧住曾小玉的脸颊，将她的脸转来正对着自己，"你不觉得阿端的身世很可怜吗？"

"是挺可怜的。"曾小玉想了想，又点点头。

"现在有人怀疑是他纵的火……那天晚上你不是爬到花棚架子上，也看到起火前的情形吗？"骆小玉紧蹙一双眉头，"你也看到他只是站在江堤上吧？"

"是好像看到个人影，但天黑又隔着那么远，也不太清楚啊，"曾小玉狐疑地对着骆小玉左看看右看看，"你担心阿端？"

骆小玉的脸上一瞬间有些错愕继而慌乱："我……担心他？没有啊。"

"其实，有件事情我也很在意。"曾小玉却没想揪着她的小辫子，"他们说祖太爷爷墓前的石人成精了，这话要是让我爹听见，不知怎么生气呢。"

"是啊……"骆小玉也叹一口气，嘀咕道，"石人会喝酒，保不齐也会放火呢？"但这话出口，她自己也吓了一跳，望向曾小玉，曾小玉也恰好望向她："难道……"

"不如你跟家里人说，今晚来陪我睡……我想……"曾小玉有些担心地压低声，"我想趁没人的时候，到乐善亭去看看。"

今夜，是星月带水的天色。两人只点一杆灯笼行路，她们身穿白苎衣在灯火中沿着江堤走，与丛生的芦苇依稀相似，时隐时现。

对岸起伏的山峦像是随着晚风潮起的江水涌动，江面确实上涨了许多，几乎快没到堤坝下了。这时候大船靠岸也不易搁浅，但水中暗流漩涡很多，小渔船轻易不会下水。

不知是不是因为陈三家的惨案，今夜江上没有人划练龙舟。

"小玉，今天五月初二吗？"

"还没过子时，是初二。"

黄昏时，两人哄王婶说要自己睡，便让王婶到旁院去了。在屋里挨了一个多时辰，曾小玉便喊骆小玉起来穿好衣服，两人爬狗洞出来的。上江堤走了大约有小半刻钟，前方影影绰绰的一团建筑，应该就是乐善亭了。

曾小玉走着走着，陡然收住脚步，骆小玉差点撞在她身上："怎么？"

"好像……有哭声……"曾小玉做了个噤声的手势，"好像就在前面。"

乐善亭是建在江堤边一处隆起山冈上的四角尖顶凉亭，冈上又有几株枝繁叶茂的榕树，因此将这亭子半遮半掩的。

曾小玉记得，平素春夏秋时节，山冈连坡而下直到祖太爷爷的墓周围，遍生开红花的野茼蒿，花熟时长出白绒絮团，风一吹便到处都是。

然而，第一次夜深无人时来此，内心却不由得惴惴。

"是风声……还是哭声？"骆小玉侧耳倾听了半晌，

是此起彼伏的抽泣声，不时从榕树遮盖的路径深处飘出来。

"难道你祖太爷爷的墓里真闹鬼了？"骆小玉惊疑不定。

猛地一声惊雷从云中滚出，紧接着白色苍龙似的闪电刺穿天际。

两个人牵手跑向乐善亭。越靠近，那芦苇丛越高，但芦苇丛后，隐约又有来来往往的憧憧人影。

曾小玉将灯笼提在脸边，一脚高一脚低踩着草靠过去。正好有风云行雷，江岸旷野开阔加上江中拍浪，没有人会注意到她们的脚步，可以再靠近一些去看清楚一点。

"哗啦哗啦——"

水声异样地拍打，骆小玉拽一下曾小玉的衣摆，小声说："看！那是什么？"

两点突兀的黄眼，在江水夜雾中朦胧乍现。

"吓……是……是什么怪物？"曾小玉一直听着哭声已觉背脊发凉，这静谧江中出现的又是什么？

两人僵在那里，但随着黄眼逐渐靠近，"哗啦哗啦"的水声渐大，骆小玉深吸一口气强作镇静："莫……莫非是船？"

　　果然，再过几分钟，江中显出一艘船的形状，在浪涛拍打中缓缓靠近。

　　骆小玉这才长出一口气，嘀咕道："这么晚了怎么还有人摆渡？"

　　"呜呜呜——呜呜呜——"

　　抽噎的哭声又飘忽不定地传入耳朵里，曾小玉想继续往上走去看看，突然身后骆小玉一把抢过她手里的灯笼，扔在地上用力踩熄。曾小玉惊诧地回头看她："你怎么……"

　　说时已经晚了，身旁的芦苇丛后面出现一个高大人影，是个男人的声音："谁？"

　　骆小玉攥住曾小玉的手腕，只来得及吐一个字："跑……"

　　更敲二声。

　　庆来客栈跑堂的陈阿周熄灭了水烟管，放到门板背后，便起身去将炭炉上烧开的水壶拿起。雨这么大，楼上的客人也都安歇了，店里没人走动，外面也不会有人来了吧，便端着竹竿去挑门面上的灯笼。

　　看门狗围着他的腿边来回不安地走动，发出"呜呜"的低声。

　　忽然几个披着蓑衣、斗笠的男人，从黑暗中急步走来，陈阿周随声应道："客官，住店吗？"

　　"住……"其中一人张口想说什么，但他旁边的人却打断："刚才可曾看到有人从这里过去？"

"有人过去？没看见。大概什么模样？"陈阿周疑惑地问。

"两个……女孩子，我们家的孩子，跑出来就不见了。"那人道。

"女孩子？"陈阿周更觉出奇，"这么晚了，别说女孩子，人影也没看到啊。"

"算了，另外再找找去。"几个人担忧地互相嘀咕，说完匆匆又走了。

追　人

沿着山冈草线往高处跑了一段，天就下起不大不小的雨来。

没了灯笼根本看不清路况，两人几番要摔倒，幸得相互扶持。身后数丈开外，无声地跟着几个男人，不必问也知是歹人。

"堤坝后面就是庆来客栈了……"骆小玉气喘吁吁地提醒，"那里肯定有人……"

"嗯。"曾小玉已经淋得落汤鸡一样，头脸都是雨水，每一步都在打滑，哪里还认得清去庆来客栈的方向。后面那些人却如鬼魅一般紧跟不放，但并不声张，只是闷声追赶。

有一道雷电在乐善亭上方炸开，眼前一瞬间彻亮，这当口出现了条岔口，一条继续往上行，另一条靠左，是被踩平的芦苇之间折回的小路。

两人的脚步一顿，相互对视，当下明白对方的心意，趁着雷电过后这振聋发聩的余响和如墨黑暗，立即掉头转向那条旁折的小路。

藏身在草丛后的树干后面，那些人果然没有发觉，继续往上走去了。

两人这才倚靠树身慢慢滑坐下来。

"怎么办？那些人肯定在做什么坏事，"骆小玉抚着胸口，"要不然咋怕我们发现呢？"

"可是……刚才他们没说什么啊，你就带着我跑？"曾小玉摇摇头。

"打雷的时候，我正好看到那人手里有刀！"骆小玉急得一把攥住曾小玉的手，"我看见他不作声就那么拿着刀过来的，所以才叫你跑啊！"

"啊？"曾小玉惊出一身冷汗，"那……那咱们回坊里喊人过来？"

"只能这么办了。"骆小玉说时已经探出身去张望，"快走，他们好像一直朝庆来客栈去了。"

两人从藏身的地方出来，沿来时路走一段，回到山冈乐善亭附近时，只见江中那艘船即将靠岸。

天空雷声停歇，雨势渐渐小了。

继续往禹门坊赶路。虽说这样一段距离并不长，但两人却觉得如此遥远，出门时还特地穿了不怕踩水的编藤包木底鞋，但已记不清踩过多少脚湿泥，这趟回去必定会被王婶发现的，骆小玉回家也少不得挨一顿训斥……

好不容易，远处能看清禹门坊临江的台阶了。

就近一些的江畔沙滩上，搁着几只渔舟，有人在那举灯走动。

两人如看到救星一般，跑过去。那渔民似也立刻发现了她俩，连忙迎了过来。

"你们……你们快去乐善亭看看吧……"曾小玉朝为首一个比画方向。

"不急不急，慢点说。"那人将灯靠近，惊讶得张大口，"你们……你们不是曾家和骆家的两位小小姐吗？"

"哎？你是那个陈大头吧？"骆小玉也认出这个长相有点憨胖的年轻人来。

"那边，在那边……你们快带人去看看吧？乐善亭那里，有人拿刀追我们！"曾小玉顾不得寒暄。

"来，先围上。"陈大头将身上的蓑衣斗笠解下来，又催促旁边那人到渔船上拿来另外一套，"两位小小姐赶快穿上！穿上！"

然后转身拿起大棒子，跟身旁的人说："我就说夜里出来巡视，说不定能见到害我哥的人！"

"对，说不定马上就跑了！"曾小玉急切道。

"是哪里？小小姐麻烦带一带路！"陈大头端着大棒，

摆出严阵以待的架势，"走！"

骆小玉愣了愣，曾小玉已拉着她迈开脚步，一迭声招呼："这边！快来！"

众人提着两盏风灯，由二人带路，朝乐善亭走到一半，果不其然，就与方才几个追的人狭路相逢。

带路的曾小玉惊得住了脚步，连忙拉着骆小玉想闪到陈大头他们身后，却没承想，一回头就听见陈大头用阴沉冷酷的口气道："你们几个，要不是咱先有预计，怕这回就惊动禹门坊的人了！"

这样一句话，让曾小玉错愕在那一时没回过神来，身边骆小玉紧紧一捏她手："坏了，他们是一伙……"话说一半，就想拽曾小玉往旁边逃，但几个大男人立刻就围拢上来，拦住所有去路。

"难得这几日天公作美，江上没人练划龙舟，没误了咱这趟买卖。"陈大头那张憨胖的脸，在风灯模糊的光影里变得狰狞无比，"但料不到还能添这样一笔好事！"

"什么？"曾小玉和骆小玉不禁紧紧挨在一起。

陈大头不理会她俩，而是朝那几个人道："这两个，可是咱禹门坊大户人家的小小姐，年纪、模样都好，起码值个……"他伸出一张手掌："这个数！"

对方顿时发出一阵令人毛骨悚然的冷笑，有人发号施令道："绑上，跟亭子里那批一道送上船去。"

陈阿周

骆小玉的一只手腕受伤了，是和那些拿绳子来绑她们的人挣扎过程中，被蛮力将手拧到背后时扭伤的。听到"咯吱"的脆响，她疼得全身发抖——

如今两人双臂都被捆缚在背后，被押着带到乐善亭内。

亭子里的空地上，好几个十岁左右的男孩女孩缩在一处，全被破布绑住嘴，害怕得瑟缩不已，不时闷声发出抽泣声。当看到那些人带着被绑的小玉她俩过来时，个个更是满目惊恐。

这些人勒令曾小玉她俩跟这些孩子都坐在一处。

但有些奇怪的是，好像暂时没叫他们上船的意思。

陈大头来清点过人数，又不知什么缘故，就跟另外几个人急匆匆下岸边去了，这里剩下两个持刀的男人把守。

"小玉，小玉你怎么样了？"曾小玉心里难过得忍不住眼泪一直掉，看骆小玉一脸不知是雨是汗，但仍咬紧牙关没有呼疼，几番好像想要晕厥过去，但闭一闭眼深吸一口气，还是摇摇头保持清醒。

"小玉，你挨着我靠一会。"曾小玉将身子尽量往骆小玉那里挪，"都是我的错，我不该喊你来这儿的……"

骆小玉用力抽几口气，手腕疼得快要说不出话，只能将太阳穴贴着曾小玉的额头，极低声道："别……别说话，我晕得慌……"

"闭嘴！不许说话！"两个看守似乎找不到东西来塞她俩的嘴，便几番亮出腰间的尺长利刃威胁，"不许说话，听到没有？不然割下舌头。"

"嗯，嗯……"曾小玉只得紧抿住嘴，跟骆小玉挨得更紧。

但没过多久，两人身后有个黑影一晃，亭边距离最近的一个看守，身体突然就歪倒在亭柱上，慢慢滑下。两人惊得齐齐抬头望去，有个无声无息出现的黑衣人正将那看守轻轻托着放下。

"哎？"曾小玉发出一声惊呼，黑衣人抬手做个噤声手势已经晚了，早惊动到另一个看守。那人回头瞪大双眼，反应十分迅速，从腰间抽刀，指着自己同伴的方向。但还没来得及喝问出声，黑衣人一步弹跳，凌厉跃起，半空中举肘迎面朝那头脸一记敲下去，那人就地仰倒。

"怎……怎么是你？……"骆小玉瞠目结舌，一眼就认出了黑衣人。

曾小玉也看清了，虽然没灯火，但黑衣人转过脸来，并没有蒙面，从那结实又削长的身形，以及夜色中冷峻目光的清俊面容轮廓，是跳月人少年阿端。

两个高大的男看守居然在短短时间内就被他撂倒了，曾小玉觉得不可思议。

阿端从怀中取出一个火折，打开吹亮火星，一边再做手势叫他们都不要出声，然后将火苗凑近每个人脸上。当看清骆小玉和曾小玉的脸时，也露出吃惊的神情："小姐，你们怎么在这？"

"小玉的手受伤了！"曾小玉虽然惊魂未定，但本能觉得阿端不会跟那些人是一伙的。

"我帮你们解开。"阿端把火折咬在口里，就过来解绳。曾小玉心里害怕："他们……他们马上就会过来的，你……你怎么在这？"

阿端没说话，飞快解开绳子后，再问："哪里受伤了？"

骆小玉却有点不好意思，曾小玉赶紧拉过她的手给阿端看，阿端用火折照一照，点头："是腕骨脱臼了，没事。"

然后低头说一声"告罪"，拉过骆小玉的手。骆小玉正窘得什么似的，阿端看似轻巧地将她手腕捏几下，猛地一按，又是"咯吱"一声，骆小玉没来得及喊，他就松开手："好了。"

"你不是被怀疑是陈三家一案的纵火犯，被关到牢房去了吗？"曾小玉看阿端忙着将众人的绳索尽数解开，奇怪地问道，"这么晚你怎么会出现在这？"

阿端将地上的绳子收集起来，却没看她："跳月人从小都练缩骨功，牢房的木栏那么宽，很容易出来，大不了天亮前赶回去就是。"

曾小玉不说话了，一边帮骆小玉揉着手。

"你们先在这别动，下面江边都是他们的人，还有几个往堤坝上头去了，好像也是在找人。"阿端将绳索绕到手腕上，起身就走出亭去。

"你去哪？"骆小玉忍不住喊住他。

"我要抓住这些人……"阿端只是扔下半句话，就消失在夜色之中。

庆来客栈——

陈阿周打发那些人走后，便将店门的长板一块一块合上。然而就在阖最后一块时，"扑棱棱"一阵翅膀响动，他只觉头顶什么东西掠过。回头去看时，却是一只比乌鸦还大得多的钩喙拱背黑鸟，停在屋中一张桌上。

陈阿周愣了愣，想起前几日楼上客人的事，怎么又出现黑鸟了？不由连叹晦气，转身拿起个笤帚就去赶鸟。

没想到这些人又折回来了，站在雨里也不进屋，有个人说："上次丢的一个，也是到这不见的……"

"闭嘴。"

陈阿周听到他们这样议论，茫然地转过脸去："客官，到底要住店吗？"

那些人却没理他，低声商量了几句什么，转身就走。

陈阿周还没反应过来，只听身后"嘭"的一声脆裂响，黑鸟已经如离弦的箭一般飞出门去，而他屋里照明的唯一那盏油灯，却已碰倒在地，灯油溅得到处都是。还好没什么易燃物件，火苗在地上燃着一片，很快又熄灭了。

接下来，巡视过楼上住人的客房。今天只住了两间，看样子都是从外地来路过本地的正常客商。

然后他回到楼下，到后厨察看。长期吃住在客栈里的除了他，还有个新来没几天的杂役小厮阿力。阿力这会儿还没睡，在床上翻来覆去的。

"阿力，"陈阿周道，"门户都关好了，今晚外头不太平，听到什么声音别出去。"

"啊？"阿力探起身。

"睡吧，快睡，明早起来开店。"陈阿周连忙摆手示意他躺下，就转身关上中门回外面去了。

接近三更时分。

窗外"扑棱扑棱"传来鸟翅的拍打，陈阿周先前已经看清了，那确实是一种通体全黑的大鸟，身形细长，只有鸟喙浅色……乍看起来很像江上常见的水鹤，但这种鸟的目光……让陈阿周想起就背脊寒毛竖起。

"砰砰砰！"有人拍门。

陈阿周走过去隔着门板问："谁？"

"刚才见过的，本来连夜就要运货跟船走，但船尾好像被礁石磕了个洞，下人们在想办法修补，只能过来住宿一天。"门外的人回答得倒是周全，让人不会起什么疑心。

"我们这的房间已经住满了，客人到别家去问问吧。"陈阿周搪塞道。

"几个桌子拼起来就行。店家开开门吧，这附近除你家没别的店了。"对方看来执意要住，而且口气越发不耐烦起来。

陈阿周将木棒拿在手里，心忖自己不开，对方也应该不至于砸门吧？

突然这时斜刺里又一阵"扑棱扑棱"扇翅声，屋子一侧的天窗木框同时被斧头一类的利器狠狠劈开。陈阿周急忙回身想去那边阻止，但砸开的窗户里，立刻有水一样的东西泼进来。

"坏了！"陈阿周已经闻到火油刺鼻的味道，赶紧去客堂内的水缸里取出一瓢一瓢的清水，先朝桌椅一类易燃的地方洒去。

"轰隆隆"一阵雷声。

紧接着"乓乓乓"巨响。

趁着打雷，门外的人正用什么东西撞门，那薄薄的门板估计禁不住几下。

陈阿周先前以为这些人不会发难，看来还是错了。

一时顾得了这边顾不得那头，赶回来看门时，那天窗外居然扔进一支火把，窗框以下立刻就被点着了。

陈阿周几下打开门闩，门外一根大棒就当头打进来，陈阿周还算有预料，侧身躲开一旁。门外的人见一下暗算不中，便狠声威胁道："若不想烧死，就把人交出来。"

"人？什么人？"陈阿周也恶声顶回。

"数日前那个小子！"门外人道，"若不是你藏……"

"哒！"陈阿周不等他话说完，抢起大棒朝门外用力挥去，似乎正好砸在说话人的头顶，只听"吭"的一声，那人声音一窒。陈阿周寻思能突破这些人的围困，恐怕也只有这一刻，便挺棒冲出门外，没头没脑就左右用力横扫，居然也真打中几个人，那几个人立即后退。其中一人脚步后退，却举手捏嘴唇发出尖锐呼哨，天空中"扑棱棱"翅膀声又响，陈阿周感觉到有什么东西就在脖颈后方，原来那黑色大鸟就停在门首上头，他一回头，就觉脸上触到鸟喙的尖端——

阿 力

船出了状况，确实是真的。

原本西江水涨临岸不易触礁，但不知为何，这渡船靠近岸边时，只觉水下"咯噔"震响，抛锚后下去检查，发现船尾一侧被什么硬物磕出个汤碗大的洞，江水正涌入舱内。

陈大头和几个同伴上下察看一番，本拿块木板将漏洞钉上应急便可，但江中的石头就卡在破洞里，看来得用人力将船拉离硬物后再想办法。奇怪的是，陈大头摸到水中硬物表面光滑，不像是一般的尖锐礁石，干脆拿锤子将石头凿开，但回身去找时，船舱里的钉锤一类的工具却不翼而飞。

"真是邪了门儿！"陈大头跟同伴忙活一阵还是不得要

领，狠狠地说，"算了！时间不能等，咱把船拉开，就把亭子里的货装进去。"

几个男人把船的纤绳背上，便顺着江流拉船。

"咯吱——咯吱——"

船底木板发出艰难的剐蹭声。

"呸！什么东西！"陈大头用力啐一口，转头之际，忽然觉得有什么奇怪的光影跳动了一下。

"大头，你看什么？"旁边人察觉到他的神情有异，循着他的目光望去。

斜对过上方，就是乐善亭下的曾公墓。

"墓前面……"陈大头皱一皱眉，"那对石人不是安回去了？"

"那次你们坊里的人不是捞起安回去？"

"是安回去了……"陈大头迟疑地放下纤绳，往曾公墓走过去，有什么需要确认一下。

同伙都觉得他奇怪："别磨蹭了！等老六他们回来，就把货都装船走……"

话未说完，却突然"啊——！"的一声。

陈大头手脚并用地从那边滚下来。

"大惊小怪什么？"同伙们已经火了，这时已经将船拉动出来，"别废话！去把货提下来……"

"有……有鬼……"陈大头捂住头跟跄地过来，居然脸上一侧都是血，"两个石人又……又不见了！"

"吓?"众人看清了他的模样,"怎么回事?"

"墓里……弹出个东西,打得我……"陈大头一个劲呼疼。

"那……那接下来怎么办?"那几个人被他的样子吓了一跳:"上回石人是咱搬到水里吓唬陈三的,怎会又不见……"

陈大头咬牙切齿:"快!你两个去把窟窿打好补丁,快把货装上船……今晚总觉得不对,别耽搁!"

陈阿周在一瞬间以为自己的眼睛就要没了。但没想到的是,小杂役阿力突然从屋里蹿出来,扬起撑灯笼的竹竿,打在黑鸟身上,黑鸟被打中发出"呜啊"一声歪向旁边。陈阿周的眼睛只是被不轻不重地戳了一下,并无大碍。

但这时候不能迟疑,陈阿周退后一步,跟阿力站在一处:"不是叫你别出来吗?"

但来不及闲聊了,对方几个人又围拢上来,陈阿周心里在计算退路。

但他没发现,这个时候,江堤一头隐隐出现些零星灯火。

那几个人指着陈阿周身边的阿力:"跑丢的就是这小子!抓住他……"

陈阿周将阿力一推:"去!找人去!这里我顶着。"

"呜哇——"黑鸟在上空盘桓着尖叫,然后朝陈阿周俯冲过来。

陈阿周正想拿大棒格挡，但那边一把长刀挥来，刀锋与棒子硬碰上，紧接着其他人的木棍也分不清头脸地打来。

阿力用竹竿从一边护住陈阿周："你们……我已经报官了！这几日巡检正在暗查，你们逃不掉的！"

一听阿力这话，那些人果真吓住了，都住了手面面相觑，其中一个立刻示意："走！"

转身就往江堤下面跑去，但迎面就与打着火把的一行人遇上。起初两相错愕，但对方领头的一个中年妇人大喊："快看！那些人拿着刀！我们家小姐啊……快去找我们家小姐啊……"

这声喊出来，犹如惊雷炸锅，所有人明白过来，吆喝着就冲将过来，那些人只能往江边逃窜。

顾不得再管乐善亭里被绑的人，这些人原本打算立即上船逃走。然而不曾想到的是，赶到这边厢，陈大头等人却已东倒西歪一地，只能发出惨痛的呼喊……

尾　声

当禹门坊的人们赶到时，看到的是江岸船前站着个带血的黑衣少年，面前倒着陈大头他们一众人——是阿端。

他在江岸上与陈大头那些人一番缠斗，即使身上数处受伤，仍坚守在船头下，尤其面对新冲下来的几个人，仍毫不退缩，因为阿端很明白，对方要想逃走只有上船一途。因此当时捡起地上长刀，一边用绳索将刀把一圈圈地缠缚在右手上，面对那几个狗急跳墙挺刀上来的人，斡旋到救援的人们赶到……

整件事，将庆来客栈的跑堂陈阿周等人的证词对照起来，也就清晰了。

这是一个有组织偷拐贩卖妇幼的拍花子团伙。

先前所传的陈三和陈大头夜捕遇石人过河的事，实际是陈大头本人就参与其中。乐善亭所在的小码头，原本是这些人船舶的一个中转站点，他们爪牙甚多，分散粤西各处，大致通过迷魂或抢掠形式，专挑一些十二三岁的男女少年下手，绑架后，趁半夜时分即分批集中此地，然后再通过另一方接头的船来接走，分送到上下游别省地方贩卖……

陈大头是本地人，就负责本地望风传递。因常有本地人在乐善亭一带夜捕，他便借由找上不知情的堂哥陈三，叫同伙帮忙将曾公墓前的石人事先搬下水，然后自导自演出这个闹鬼的戏码，用意就是减少本地人入夜后来乐善亭一带活动的频率。却没想到陈三不是傻子，那天石人过江事件后，他却不知从哪里看出端倪，私下几次找到陈大头盘问。陈大头看事情可能败露，组织里的其他人中，有个专门驯养鱼鹰做些杀人放火勾当的人，几下商议，为免除后患，趁着那天夜里由陈大头秘密将陈三一家人灌了迷药，屋里泼满火油，并且锯松房梁，然后由那人放鱼鹰将火种带入，造成意外失火的假象，才把陈三家灭了口。

恰好跳月人戏班来到禹门坊，本想把嫌疑转嫁到当晚在陈三家附近出现过的跳月人阿端身上。却没想到阿端是个闷不作声却又绝不服输的倔强脾性，凭着身怀些江湖绝技，第二天夜里就逃出牢房来到乐善亭一带察看，因缘巧合间不单救了同样跑出来察看隐情的曾家、骆家两个小小姐，还碰上这些是夜转运的被拐人口。

至于庆来客栈的陈阿周，他则是收留了数日前从人贩手中逃离出来的小孩儿谈青艾的好心人。

谈青艾确如他本人所说，是一家三口坐船罹难的，但他一个人死里逃生，又被人贩抓住来到乐善亭。本来当夜就会被转送走，他却意外挣脱绳索逃到庆来客栈，当时被那只鱼鹰追赶，他从后门爬到二楼的客房去，本是求助去的，但客人睡眼迷糊几乎被吓死，还好赶来的陈阿周将他拉到后房躲藏起来，避开了那些人的搜捕。

那些人起初并不清楚谈青艾跑到了哪里，陈阿周本来想第二日带他去报官，但谈青艾对那些人的勾当又说不出个完整的供词，尤其不能说出主谋人员的名姓，让人不禁灰心。

其后，陈阿周发现白日里也有不少人在客栈周围打探走动，为怕打草惊蛇或自己也被怀疑，便使个缓兵之计，借那个吓坏的客人的说辞，只对外宣扬客栈有个闹鬼的故事，并随便给谈青艾起个阿力的名字，安在后厨躲藏，对人也只说新招来个小厮，暂且从长计议。

那天夜里，一伙歹人探知谈青艾在庆来客栈，也准备照陈家那般如法炮制，带走小孩并且火烧客栈，不承想被赶到的人们识破，只得仓皇而逃……再遇到跳月人阿端这样的硬气主儿，于是栽了。

曾小玉和骆小玉，两个大户人家的小姐竟胆敢半夜离家，跑到乐善亭并遭遇人贩绑架，两个人因此各自被家里关了好一段时期的禁闭。

但曾小玉至少参与破解了自家祖太爷爷坟墓闹鬼的谜团，还算心中有所宽慰，对待爹娘的斥责，也就不放在心上了。

至于骆小玉，向来是个极有主意的姑娘，她爹骆奎扬训诫几句，责罚近期不许再出去乱跑也就是了。

只不过，两人的事迹让坊间人们着实多了一笔谈资，加一点油盐酱醋，尤其是有人注意到一个细节：之所以那些人打算转走人口时会一再耽搁，就是因为那大船被船底的异物磕穿了啊！人们白天再去验看时，发现那曾公墓前的两个石人，不知何时又被扔到水底去了，甚至正好在大船来时，将船底戳穿致其搁浅。千万别以为曾公墓没有灵异，至少这第二回，石人是没有人再移动过吧？它们却怎么又到水底去了呢？且两个本来光溜圆滑的塑像，哪来那么大阻力将船底戳穿呢?

后来,曾家老爷曾兆寅带着一家人重新将两个石人安置回原位,并且隆重祭奠一番。大家都传扬说,不管真假,享祀乡贤曾公之灵不可欺,天理不可欺,天道冥冥中自有安排。